幸せスイーツとテディベア

卯月 みか

一二三文庫

目次

第一章　ポルボロンとテディベア

『末筆ながら、瀬尾明理《せおあかり》様の今後ますますのご活躍をお祈り申し上げます』

私は、今しがた届いたばかりのメールをスマホで確認し、がっくりと肩を落とした。

（これ、何通目なんだろう）

今年の春から就職活動を始め、両手足の数では足りないほどの企業を受けてきた。けれど、良くて一次面接、ほぼ書類審査で、ことごとく玉砕している。

大学の女友達は、皆、内定が出ているというのに、七月も半ばを過ぎて、どこも決まっていないのは私だけだ。

（アパレル業界、合っていないのかな）

服が好きだという理由で、就職活動はアパレル業界を選んだのだが……。

志望動機は「御社の商品が好きだからです」。自己ＰＲは「笑顔と明るさ」。学生時代に打ち込んだことは「カフェ巡り」。

友達には「自己分析が甘い！　もっと脚色しないと！」とダメ出しをされた。曰く、ただの「カフェ巡り」ではいけないらしい。「どういうカフェにどんな客がやって来るのかを分析し、その町のアパレルブランドの出店傾向と絡めた研究をしていた」という理由にしないと、面接官には響かないのだそうだ。そんな難しいことを考えながらカフェ巡りをしていたわけではないので、そうアドバイスをされた時は、腑に落ちない顔をしてしまった。

それにしても暑い。黒いリクルートスーツが熱を集めている。頭がクラクラしてきそうだ。

（今日、説明会に出た会社で内定が取れたらいいいんだけど……）

もういい加減、就職活動にピリオドを打ちたい。不合格通知がくるたびに、人格を否定されているような気持ちになる。

鬱々としていると、不意に眩暈がした。

思わずその場にしゃがみ込む。

実は、先ほどから道に迷っている。説明会は梅田エリアの東端に位置するオフィスビルで行われた。大阪メトロ御堂筋線の梅田駅に戻るよりも、谷町線の中崎町駅のほうが近いとわかり、そちらに向かおうとしたものの、方向音痴の私は、昭和の雰囲気が漂う民家が建ち並ぶ、入り組んだ道に迷い込んでしまった。

（駅ってどっちにあるんだろう。我ながら地図が読めないにもほどがあるよね。……なんだか気持ちが悪い。早く帰って、エントリーシートを書かなきゃいけないのに……）

「君、今にも死にそうな顔をしているけど……大丈夫？」

男性に声をかけられ、私はゆるゆるとそちらを向いた。

チノパンに、半袖の白シャツを着て、両手でA型の黒板を持った若い男性が、私の顔を覗き込むように前かがみになっていた。

「大丈夫？」

返事をしなかったからか、男性は涼やかな目で私を見つめ、もう一度、同じ言葉で尋ねてきた。けれど、「大丈夫？」と聞いているわりに、表情はあまり心配しているようには見えない。むしろ、淡々としている。

「えっと……はい、大丈夫です。ちょっと眩暈がしただけで」

整ってはいるが感情が読めない顔に気圧されながら答えると、

「気持ちが悪いのなら、何か飲んだほうがいい」

と、勧められた。

男性に言われて気が付いた。そういえば、企業説明会が始まる前から、今まで、何も飲んでいない。

「あ、じゃあ、どこかその辺の自動販売機で、スポーツドリンクでも買います」

ゆっくりと立ち上がった私に、男性は、

「ここ、うちの店」

と、腕を背後に向けた。釣られて視線を動かすと、民家と民家の間に、三階建てのビルが建っていた。一階は店舗で、二階と三階はオフィスのようだ。壁は白で、店舗の扉と窓だけがエメラルドグリーンに塗られている。小さなショーウィンドウがあり、

（わぁ、クマがいっぱい……！）

体調が悪かったことを一瞬忘れ、私の目は釘付けになった。

ショーウィンドウに並べられていたのは、クマのぬいぐるみ。子供が持つようなマスコット的なものではなく、かっちりとした作りのテディベアと呼ばれるものだ。大小合わせて、十体ほどいるだろうか。

テディベアたちは、バンザイをしたり、座って首だけこちらに向けていたり、青い布の上で様々なポーズを取っている。貝や、船のおもちゃなども一緒に飾られているので、陳列は海辺のシーンをイメージしているのかもしれない。

まるで、テディベアたちが海遊びに来たような世界観に目を奪われていると、ショーウィンドウの奥に、一際大きなクマのぬいぐるみが見えた。毛色は茶色で、見るからにふわふわしている。

（もしかして、等身大のテディベア？　あんなに大きなテディベア、ぎゅっとしたら

癒やされるだろうなぁ。もふりたいなぁ）

私は、ぬいぐるみが大好きだ。特に、クマには目がない。

幼い時、両親と一緒に行った動物園で迷子になってしまった。その時、私を保護してくれた人が、泣きじゃくる私を慰めるために、クマのぬいぐるみをプレゼントしてくれたのだ。柔らかで愛らしいクマのぬいぐるみを抱きしめていると、不安が和らいだことを覚えている。

それから、私は、どんどんぬいぐるみを集めるようになった。父親が出張に行く時はお土産にねだり、友達からの誕生日プレゼントは必ずぬいぐるみで、高校生になるとＵＦＯキャッチャーに夢中になった。結果、実家の私の部屋は、ぬいぐるみで溢れかえることになった。

大学進学を機に、東京から大阪に引っ越し、一人暮らしをするようになったので、こちらには、お気に入りだけを厳選して持ってきたのだが、それでも、クマやウサギ、ネコのぬいぐるみたちが、ベッドの枕元にぎっしりと並んでいる。

私がショーウィンドウに釘付けになっているのを見て、男性が、くすっと笑った気配がした。ぱっと振り向いて彼を見ると、今の笑い声が嘘だったかのように、先ほどと変わりない表情を浮かべている。

「うちは、ティーサロンをやっているんだ」

「ティーサロン？　ここ、紅茶のお店なんですか？」

ショーウィンドウにテディベアが並べられているので、てっきりおもちゃ屋か雑貨屋だと思っていた。

「『ティーサロン Leaf &テディベア工房 ShinHands』」

「テディベア工房？　ティーサロンだけじゃなくて？」

小首を傾げたら、男性が「うん」と頷いた。

「じゃあ、あのぬいぐるみはディスプレイ？」

売りものではなかったのか。可愛い子がいたら連れて帰りたかったと、落胆しながら問いかけると、彼は黒板を指し示した。

「いや。あの子たちは商品。うちはテディベアショップと教室もやっているんだ」

黒板には「テディベア教室生徒募集中」と書かれている。

「教室って、テディベアの作り方を教えてくれるんですか？」

「うん」

頷きながら、男性は黒板を店の前に置くと背中を向けた。黒板の裏側には、ティーサロンのメニューが記載されている。両面を使用しているようだ。

（テディベア工房ってどんなのか気になる）

「お茶、飲んでいきます」

私は、店へ戻っていく彼の後を追った。

ドアベルの音と共に店内に入ると、中は白とエメラルドグリーン、ダークブラウンを基調とした、アンティーク風の内装になっていた。男性が「ショップをやっている」と言っていたとおり、ネコの額ほどの販売コーナーがあり、ショーウィンドウのテディベアと同じ雰囲気のテディベアが並べられている。手足と鼻先が長く、いかにもクマという、正統派なデザインだ。

販売コーナーの奥が喫茶スペースで、四人掛けのソファー席が二つ、二人掛けのテーブル席が四つ、カウンター席が六つあった。客は一人もいない。先ほど黒板を外に出していたところから察するに、今から開店だったのかもしれない。

喫茶スペースのさらに奥に、小部屋があった。エメラルドグリーンの扉で仕切られているが、壁の上部がガラス窓になっていて中が見える。机や棚が置かれていて、棚には何枚もの生地が重ねられていた。ミシンもあるようなので、きっとあそこがテディベア工房なのだろう。

工房に興味を引かれ、もっと様子を見てみたいと思っていると、

「おや、本日最初のお客様ですね。いらっしゃいませ」

落ち着いた男性の声で話しかけられた。

もう一人、店員がいたのかと、声の聞こえた方向へ目を向けた私は、驚いて瞬きを

した。

「え……？」

カウンター席の向こう側から、クマが顔を出している。

丸くて大きな顔、長すぎず短すぎずバランスの良い長さの鼻、黒々としたつぶらな瞳、どこからどう見てもテディベアだ。

（さっき窓から見えた等身大テディベアだ！　可愛い！　触りに行ってもいいかな）

クマの姿に胸がきゅんとして、一瞬テンションが上がったが、すぐに「あれっ？」と首を傾げる。

（今、喋らなかった？　ぬいぐるみじゃなくて、きぐるみなのかな）

戸惑っている間に、そばにいた男性が喫茶スペースのほうへと入っていく。

ぼんやりと立っている私に、男性が不思議そうな顔を向けてきたので、

「入らないの？」

「あっ、入ります」

私は慌てて、返事をした。

「オーナー、お客さん」

男性は私をカウンターまで連れていくと、中にいるテディベアに声をかけた。

（オーナー？）

　彼がなぜテディベアをオーナーと呼んだのかわからず、不思議に思っていたら、

「今日は、外はお暑いでしょう。どうぞゆっくりなさっていってください。お席はテーブル席にされますか？　ソファー席にされますか？」

　と、クマに問いかけられた。

「え、ええと……ソファー席で」

「かしこまりました」

　反射的に答えると、クマの姿がカウンターから消えた。驚いてカウンターを覗き込むと、裏は厨房になっていて、床に脚立が置いてあった。どうやらクマはそこに乗っていたようだ。クマはとことこと歩いてカウンターを回り込んでくると、ウォールポケットからメニュー表を手に取り、私の前までやってきた。

「お席にご案内します」

　クマは幼児ぐらいの背丈だった。タータンチェックのパンツに、茶色のベストを着ていて、首元に赤い蝶ネクタイを着けている。体はふわふわしていて、ぎゅっとすると気持ちが良さそうだ。

（歩いてる！　喋ってる！　やっぱり、きぐるみだったの？）

　小さいきぐるみなので、大人は入れそうにない。子供が中に入っているのだろうか。それにしては低い男性の声だけれど。

（テディベア工房のあるお店だから、きぐるみのクマが接客をするとか、そういうサービスでもしているのかな）

　女性や子供に受けそうなサービスだ。

　クマが、にこりと笑った。

「こちらのお席へどうぞ」

　――そう、先ほどから、このきぐるみのクマは、表情が変わるのだ。

（表情はロボット制御されているのかな）

「最近のきぐるみはハイテクだなぁ」と感心しながら、短い足でちょこちょこと私の前を歩くクマの後についていく。

　クマはソファー席へ私を案内すると、テーブルの上にメニュー表を置いた。

「こちらのお席にどうぞ。すぐにお水をお持ちしますね」

「ありがとうございます」

　私は勧められるままにソファーに腰を下ろし、厨房へと戻っていくクマの背中を見つめた。ファスナーやマジックテープなどは見当たらない。

（精巧に作られたきぐるみなんだなぁ）

　店の外で私に声をかけた男性が、厨房に入り、ピッチャーからグラスに水を注いでいる。

「ありがとうございます。慎《しん》さん」

クマが男性にお礼を言う声が聞こえてきた。どうやら男性の名前は慎さんというらしい。テディベア工房の名前が『ShinHands』だったので、もしかすると、彼が、この店の商品のテディベアを作っている作家なのだろうか。

（男性が、テディベア作家？）

手芸をたしなむのは女性だというイメージがあったので、意外に思う。

「構いません、オーナー」

慎さんがクマに返事をしている。オーナーというのは愛称なのだろうか。それともクマは本当にこの店のオーナーで、きぐるみの中に入っているのだろうか。

（変わった人だなぁ）

クマ――オーナーはトレイに水の入ったグラスを載せて、再び私のもとへと歩み寄ってきた。ことんとテーブルの上にグラスを置く。氷がぶつかる涼やかな音を聞いた途端、猛烈に喉が渇いていたことを思い出し、私は一気にグラス半分まで水を飲んだ。

「ご注文はお決まりになりましたか？」

穏やかな声で問いかけられ、私は慌ててグラスを離すと、メニュー表を手に取り、ざっと目を通した。

「アイスティーをお願いします」

「アイスティーですね。かしこまりました」

オーナーは頷くと、指のない丸い手先で、器用にメニュー表を取り上げた。そのしぐさが可愛くて、私は思わず手を伸ばし、オーナーの腕に触れた。

さわさわ、と撫でる。見た目通り、やはりふわふわだ。

「あの、どうかされましたか？」

オーナーが不思議そうに私を見た。私は我に返ると、

「あっ、すみません。あまりにも愛らしいきぐるみだったんで、思わず……」

恥ずかしくなり慌てて手を引っ込めた。

「お褒めいただいたところ恐縮ですが……」

（またきぐるみの表情が変わった。すごい）

オーナーが微苦笑したので、一体どういう仕組みなのだろうと、再度驚く。

感心していると、

「私はきぐるみではありません」

オーナーはそう続けた。

「えっ？　じゃあ、ロボット？　声はどうしてるんですか？」

遠隔操作だろうか。本当のオーナーはどこかで客の様子を窺いながら、クマロボッ

トを操っているのかもしれない。

目を丸くしている私を見て、オーナーは頬をかいた。

「正真正銘、テディベアです」

「……はい？　きぐるみでもなく、ロボットでもないってこと？」

「はい。私の中身は人でもマシンでもありません。綿です」

「……わた」

私はぽかんと口を開けた。クエスチョンマークがぽこぽこと頭の中に浮かんで、竜巻のようにぐるぐると回り出す。

混乱しながら、私は、厨房にいる慎さんに目を向けた。すると、私の視線に気が付いた慎さんがこちらを向いて、無表情のまま、一度頷いた。

（えっ、肯定？　肯定するの？　本当に生きているテディベア？　ああ、そうだ、これ、きっとドッキリだ。どこかにテレビカメラでも付いているのかも）

就活に疲れ、体調を崩している学生を捕まえて、ドッキリをしかけるなんて趣味が悪い。慌てている様子を全国放映されるなんて御免こうむりたい。テレビスタッフが現れたら、断固抗議してやる。

「すぐにアイスティーをご用意しますね」

憤慨している間に、オーナーは背中を向けると、厨房へ戻っていった。

カチャカチャと食器の鳴る音が聞こえてくる。

水を飲んだからか、気分の悪かった胸の調子が良くなり、落ち着いた私は、改めて、オーナーのことを考えた。

動く等身大テディベア。もしそれが本当なら、ぬいぐるみ好きには夢のような現実。

子供の頃、お気に入りのぬいぐるみたちが動き出したら、どんなに楽しいだろうと思っていた。

（生きているテディベアが営む紅茶屋さんか……）

ぬいぐるみと話ができるなんて、童話のような世界。

オーナーは、ティーポットを自分の頭の高さにまで上げ、氷の入ったグラスに紅茶を注ぎ入れている。職人技だ。

（ああやって、紅茶を冷やしているのかな）

オーナーの手つきに見惚れていたら、

（紅茶を入れるテディベア。素敵かも）

だんだん、私は、オーナーの言うことが本当だったら楽しいなと思い始めていた。

しばらくしてから、トレイを手にしたオーナーが私のもとへと戻ってきた。

「お待たせしました」

トレイから細長いグラスを取り上げ、私の前にアイスティーを置く。オーナーが丸い手でストローを添えたので、指のない手で、どうやってストローを掴んでいるのか不思議に思った。

「ありがとうございます」

会釈をしてお礼を言い、グラスにストローを差す。

カウンターの中にいた慎さんが、こちらに近づいてきた。手に皿を持っている。

「どうぞ」

私は、テーブルの上に置かれた皿に目を向けた。粉砂糖のかかった丸いクッキーが三つ載せられている。

「これ……なんですか?」

クッキーは注文していない。ドリンクを頼んだ客へのサービスだろうかと戸惑っていると、慎さんが、相変わらず表情のない顔で口を開いた。

「ポルボロン。良かったら食べて」

遠慮なくいただいていいのだろうかと迷っていると、

「ああ、なるほど」

オーナーがぽんと手を打った。

「気が利きますね。慎さん」

「…………」

　慎さんはオーナーの言葉には反応せず、背中を向けた。そのまま、工房のほうへと去ってしまう。

　小部屋の中に入っていく慎さんを見ていた私に、オーナーが微笑みかけた。

「あなたが気落ちしておられるようだったので、慎さんがサービスをしてくれたのでしょう」

「サービス？」

「スーツ姿なので、就職活動中とお見受けしました。顔色も悪く、表情が暗いようでしたので、失礼ながら、上手くいっておられないのでは？」

　オーナーの言葉で、先ほど「お祈りメール」を受け取り、この世の終わりのように落ち込んでいたことを思い出した。

　再び暗澹たる気持ちになる。

「そうなんです。さっきも、不採用通知を受け取って……」

「そうでしたか。頑張っておられるところに、それはつらいですね」

　オーナーの声はひたすら優しい。労わるような響きが心にしみて、私は思わず涙ぐんだ。

『明理の自己ＰＲは甘すぎるよー。もっとちゃんと考えなよ。本とか読んで勉強してる？　この時期に内定が出てないとヤバいって』

心配というより、偉そうにアドバイスをしてきた友達の顔を思い出す。

『就職先、まだ決まらないの？　お父さんとお母さんも心配してるから、早く決めなさいよ』

現役一発合格で公務員になった、実家の姉の小言も脳裏に蘇る。

『今回は採用を見送らせていただきます』

何通も届く不採用通知。

今、私の周りには、私を否定する人しかいない。頑張りを認めてくれて、「つらいでしょう」と言ってくれた人は、初めてだった。

「つらい……です………」

小さな声で答えると、オーナーが、皿の上のクッキーを指し示した。

「このクッキーはポルボロンというスペインのお菓子なんです。『ポルボ』というのは『粉』という意味です。口に入れるとほろほろと崩れるので、崩れないうちに『ポルボロン、ポルボロン、ポルボロン』と三度唱えることができたら、幸せがくると言われていますよ」

オーナーはそう言うと「どうぞ、召し上がれ」と、私にクッキーを勧めた。

私は言われるがままにクッキーを手に取った。口に入れてみる。粉砂糖がかかっているのでとても甘い。その甘さに少し心がほぐれて、小さな声で「ポルボロン、ポルボロン、ポルボロン」と三度唱えてみた。呪文を終えると同時に、ポルボロンは口の中でほろりと崩れた。

私はシナモン風味のクッキーをもぐもぐと食べ終えた後、

「これは……セーフ、なのかな」

とつぶやいた。微妙なタイミングだったのでどうだろうか。それにしてもこのクッキーは口の中の水分を奪っていく。

アイスティーに手を伸ばし、一口含んだ私に向かって、オーナーは、
胸に手を当てて、素敵な未来が訪れることを祈っています」

「お嬢さんに、紳士然としたしぐさでお辞儀をした。オーナーの顔に視線を向けると、彼は柔らかく目を細めていて、心から私の未来に幸せが訪れることを祈っている様子が伝わってきた。

その表情を見た途端、私は椅子から立ち上がり、オーナーに抱きついていた。

「わわっ」

オーナーが、私の勢いに押されてよろめいた後、足を踏ん張った。ふんわりとした毛並みが気持ち良い。

「……泣いていいですか」

涙声になりながらオーナーに問いかけると、オーナーは、

「どうぞ。私の胸でよろしければ」

優しい声で答え、背中をさすってくれた。

第二章　タルトタタンとぬいぐるみの友達

『ティーサロン Leaf &テディベア工房 ShinHands』は中崎町駅から少し歩いた場所にある。

中崎町は戦時中に空襲を免れたため、今でも古い民家が残っているエリアだ。それらをリノベーションしたショップやカフェも多く、個性豊かな店が点在している。迷路のような路地もあり、うっかりすると、自分がどこにいるのかわからなくなる。先日の私は、見事に方向音痴を発動してしまったというわけだ。

午前十一時半。地下鉄構内から地上へ出た私は、『ティーサロン Leaf &テディベア工房 ShinHands』を目指して歩いていた。今日の私はスーツ姿ではない。モノトーンのドット柄のパンツに、赤いボーダーのTシャツを着ている。

私は就職活動をすっぱりとやめ、『ティーサロン Leaf』でアルバイトを始めた。あの日、オーナーとの出会いに運命を感じた私は、頼み込んで、アルバイトに雇ってもらったのだ。

オーナーは最初、私の就職活動への影響を心配していたが、私が熱心にお願いをするとオーケーを出してくれた。

店には慎さん（フルネームは市来《いちき》慎というのだそうだ）がいるが、彼はテディベア作家なので、喫茶のほうは混み合っている時しか手伝わないらしい。『ティーサロンLeaf』は実質オーナー一人で切り盛りをしていたらしく、オーナーは、「ホールを任せられる人手が欲しいと思っていたところなのです。明理さんが来てくださると助かります」と、嬉しそうだった。

店の前までやってくると、既に黒板が置かれていた。『ティーサロンLeaf』の開店時間は十一時。開店前の準備はオーナーと慎さんがしているので、私は三十分遅く出勤している。

黒板に目を向けた私は、

「……ん？」

と、首を傾げた。今日は黒板の上に見慣れないものが置かれている。

「クマ？」

A型の黒板に引っかけられているのはテディベアだ。身長は三十五センチぐらいだろうか。腕を黒板に挟み、体がぶらんと下に垂れ下がっている。このようにテディベアが飾られていたことは今迄一度もなかったので不思議に思った。

（落とし物を誰かが拾って、ここに引っかけたのかな）

落とし物を拾った時、何かの上に載せることは、ままある。私も、以前、手袋を拾って、ガードレールの上に載せた経験がある。

テディベアはそれほど汚れてはおらず、型崩れもしていない。白色の製品タグが耳に付いているのが珍しいと思った。

（タグって、普通は背中とかお尻とか、目立たないところに付いているものじゃないのかな）

我が家のぬいぐるみたちは、皆、そうだ。

私はテディベアを手に取り、話しかけた。

「お前、なんでこんなところにいるの？　ご主人様はどうしたの？」

つぶらな瞳のクマは喋らない。

（そりゃそうか。喋るテディベアはオーナーだけだもん）

このまま放っておくのも忍びなかったので、私はテディベアを店に持って入ることにした。

（このテディベア、慎さんが作るクマに似てる）

慎さんは、自分で型紙を作り、オリジナルでテディベアを制作している。慎さんの作るベアはオーソドックスで、誰からも愛されるようなデザインだ。講師の他に、お客様からオーダーを受けて制作をしたり、時間に余裕のある時は、ハンドメイドイベントに出展したりといった活動をしているらしい。もちろん、店舗で販売しているテディベアも慎さんの作品だ。

（こんな可愛い子が迷子だなんて可哀想だな。持ち主を見つけてあげられたらいいんだけど。オーナーに相談してみよう）

私はテディベアを抱きながら、『ティーサロン Leaf』の扉を開けた。

カランとドアベルが鳴り、中に入ると、オーナーがレジに立っていた。

「おはようございます！」

元気良く挨拶をすると、オーナーがこちらを向き、

「おはようございます。明理さん」

落ち着いた素敵な声で私の名前を呼んだ。ふわふわとした体に、黒々とした丸い目。タータンチェックのパンツにベストという紳士然とした格好。今日もオーナーはイケメン、もとい、イケクマだ。

（ああ、今日も癒やされる……）

オーナーの姿を見ていると、心がふわっとあたたかくなる。

「今日もよろしくお願いします」

挨拶をすると、オーナーがレジカウンターの下に姿を消した。高い場所にレジがあり、手が届かないため、こちらでも脚立の上に乗っているのだ。

ひょっこりとレジカウンターの裏から顔を出したオーナーは、私の手元に目を向

け、小首を傾げた。

「おや？　そのテディベアはどうされたのです？」

「表の黒板に引っかけられていたんです。落とし物じゃないかと思うんですけど」

「落とし物ですか」

「子供が落としたんじゃないでしょうか。オーナー、この子のご主人を捜せないでしょうか」

そう頼むと、オーナーは「いいですよ」と頷いた。

「写真を撮ってポスターを作り、ウィンドウに貼りましょうか」

「それはいい案ですね！」

このあたりに住んでいる子供なら、ポスターを目にすることもあるかもしれない。

私はオーナーに「よろしくお願いします」と言ってテディベアを預けると、スタッフルームへと向かった。バッグを置いて、エプロンを身に着ける。

スタッフルームから外に出ると、工房のガラス窓越しに慎さんと目があった。会釈をすると、無表情の会釈が返ってくる。

（うーん、あの人、未だによくわからない）

『ティーサロン Leaf』で働き始めて一週間が経ったが、慎さんが笑ったところを見たことがない。

私は慎さんから視線を逸らすと、厨房の中へ入り、横にあるショーケースを覗き込んだ。『ティーサロンLeaf』の売りはスイーツだ。オーナーが手作りし、毎日メニューを変えている。

（今日のケーキは何かな？　……りんご？）

タルト生地の上に、キャラメル色のりんごがぎっしりと載ったケーキが、整然と並べられている。クリームやスポンジなどはなく、りんごだけで構成されているようだ。

（アップルパイの中身みたいなケーキだなぁ……）

なんという名前のケーキだろう。初めて見た。

カウンター裏の棚を漁りながら、何かを探している様子のオーナーに、

「オーナー。今日のケーキってなんていうんですか？」

と尋ねてみる。

「タルトタタンですよ」

「タルトタタン？」

私が「よくわからない」という顔をしたので、

「りんごをキャラメリゼしたタルトです。酸味と甘みが絶妙で、美味しいですよ」

と教えてくれた。

「へえ〜。食べてみたいなぁ」

「休憩時間に食べますか？」

「いいんですか？」

「おごりです」

勢い込んで聞いた私に、オーナーが気前よく笑いかける。

「ありがとうございます！」

嬉しくなって抱きつくと、オーナーは「わわっ」と驚いた声をあげた。

「明理さん、前から思っていたのですが……私に抱きつきすぎです」

隙あらば、私はオーナーに抱きついている。ふわふわの体が気持ち良くて、幸せな気分になれるのだ。

「だって、オーナーって癒やし系なんですもん」

オーナーは苦笑しながら私の体から離れると、探しものを再開した。そして、

「あった、あった」と言いながら、文具や伝票などの細々としたものが入れられている箱から、デジタルカメラを取り出した。

「私は写真を撮るのが苦手なので、慎さんに撮ってもらいましょう。呼んできてもらえますか？」

私は「はい」と答えると、工房へ向かった。トントンと叩いてから、扉を開ける。

慎さんは作業机の椅子に座り、針を動かしているところだった。真剣な表情だ。端正な顔立ちなので、作業をしている姿が絵になり、ほんの少し見とれてしまった。

「……瀬尾さん、どうしたの？」

私の存在に気付いた慎さんがこちらを向いた。

「慎さん。オーナーが呼んでます。写真を撮ってもらいたいそうです」

ぼんやりしていた私は我に返り、慌てて用件を伝えた。

「写真？」

慎さんが不思議そうな顔をする。

「いいけど。なんで？」

落とし物らしきテディベアの持ち主を捜したいので、ポスターを作るのだと説明をしたら、慎さんは、

「わかった」

と、言って立ち上がった。工房から出てきた慎さんと一緒にカウンターへと戻る。

「ああ、慎さん。このテディベアが表の黒板の上に引っかけられていたらしいのですよ。明理さんが持って来てくださったのです。落とし主を捜したいので、写真を撮ってポスターを作ろうかと思うのですが、手伝ってもらえませんか？」

オーナーが慎さんに声をかけると、テディベアを目にした慎さんの表情が変わっ

た。オーナーの手からテディベアを受け取り、見たことのない優しい顔で微笑んだのだ。

（うわ、慎さん、どうしちゃったんだろう。こんな表情をすることもあるんだ……！）

驚いていると、慎さんが口を開いた。

「これはシュタイフのテディベアですね」

「シュタイフ？　シュタイフってなんですか？」

聞いたことのない言葉だ。こちらを向いた慎さんの目が、キラリと光ったように見えた。

「シュタイフ社は、ドイツの有名なぬいぐるみメーカーだよ。創業者はマルガレーテ・シュタイフという女性。シュタイフ社が、世界で初めてテディベアを作ったといわれているんだ。瀬尾さんは、テディベアの名前の由来を知っている？」

慎さんは一気にそこまで話すと、私に質問を投げかけた。

「知りません」

「テディベアの名前は、アメリカの大統領セオドア・ルーズベルトのニックネームからきているという説がある。一九〇二年、ルーズベルト大統領が趣味のクマ狩りに行った時、その日は一頭もクマをしとめることができなかったんだ。それで、お付きの人たちが、用意した小熊を木に縛り付けて、『どうぞこのクマを撃ってください』と勧めたんだけど、大統領は『スポーツマンシップに反する』と言って、小熊を逃がしてあげたんだ。この話がワシントンポスト紙に掲載されて、美談として有名になった。それを読んだミットム夫妻が、クマのぬいぐるみを作り、大統領のニックネーム『テディ』にちなんで、『テディベア』とラベルを付け、自分の駄菓子屋で販売したんだよ。アイデアは大当たりして、アメリカでテディベア・ブームが起こる。これがテディベアの名前の由来だといわれているんだ。同じく一九〇二年、マルガレーテは、甥のリヒャルトと共に、手足が動く新しいタイプのクマのぬいぐるみを開発した。一九〇三年に、ライプツィヒの見本市に出品された、『子供たちに最良のものを』のポリシーで作られた、このクマのぬいぐるみは、アメリカのバイヤーの目に留まって大量注文を受ける。シュタイフ社のクマはアメリカでたちまち大人気になったんだ」

流れるような口調で解説をされ、無口な慎さんの饒舌ぶりに、私は唖然としてしまった。

「愛くるしい表情。狂いのない鼻の刺繍。丁寧な縫製。さすがシュタイフ社だ。ボタン・イン・イヤーのタグは白に赤文字……限定品だね」

熱い視線でテディベアを見つめる慎さん。

私はそっとオーナーに近づくと、耳元で囁いた。

「あのぅ、オーナー。慎さん、どうしたんですか？」

「可愛い……ああ、素敵だ。君、どうして迷子になんてなったんだい？」

慎さんは、心配そうな声でテディベアに話しかけている。

オーナーは手を口の横に当てると、小声で答えた。

「スイッチが切り替わりました。慎さんはテディベアのことになると様子が変わるのです。本人は無意識です」

確かに今の慎さんは、普段の慎さんと少し違う。

驚いている私の視線に気が付いたのか、慎さんがこちらを向いた。

「どうかした？」

「あ、いいえ……ええと、その落とし物のテディベアが、シュタイフ社っていうところのテディベアだって、どうしてわかったのかなーって思って」

「慎さんの変貌ぶりに驚いていました」とは言えない。慎さんは私の質問に「よくぞ聞いてくれました」というような顔をした。なんだかいつもより表情が豊かだ。

「ボタン・イン・イヤーとタグだよ。粗悪な模倣品と差別化するために、シュタイフ社は、トレードマークとして、テディベアの耳にボタンとタグを付けるようになったんだ。このタグには種類があって、黄色に赤文字のタグは定番商品、白色に赤文字のタグは限定品を表している」

一目見ただけでそこまでのことがわかるなんて、慎さんはまるでテディベア探偵のようだ。

「この子が迷子だなんて可哀想すぎる。オーナー、早速、ポスターを作りましょう」

慎さんはそう言うと、オーナーの手からデジタルカメラを取り上げた。テディベアをカウンターの上に置き、一枚、二枚と写真を撮った後、顎に手を当て「うーん」と唸った。

「ダメだ……。この場所では、この子の可愛さは表現できない」

「可愛さを表現？」

今度は一体何を言い出したのだろう。

テディベアを手に取ると、慎さんはショーウィンドウのほうへと歩いていった。遠目に様子を見守っていると、落とし物のテディベアを、海辺のセットの中へ置き、ポーズをつけて写真を撮っている。

「慎さん、すごいですね……」

「彼はテディベアの写真に関してはこだわり派なのです。慎さんは作品を自らネットで販売しているので、写真を撮るのが上手いのですよ」

「ネット販売？」

「ハンドメイドの通販サイトがあるそうです。慎さんはそこに登録していて……」

オーナーの説明の途中で、カランとドアベルが鳴った。話を中断し、「いらっしゃいませ」と言って振り向くと、店に入ってきたのは、十代後半ぐらいの少女だった。スキニーデニムに裾にフリルの付いたタンクトップという溌剌とした格好をしている。

「おや、未希《みき》さん。いらっしゃいませ。お久しぶりですね」

オーナーが笑顔で少女に声をかけた。

「オーナー！　ちょっと話聞いて！」

未希と呼ばれた少女は、憤慨した様子で、ずかずかと喫茶スペースに入ってくると、カウンター席に腰を下ろした。目立たない程度にセミロングの髪を染め、化粧をしている未希ちゃんは、可愛らしい顔立ちをしている。赤いリップが年相応ではなくアンバランスに感じたが、確か、最近人気になったアイドルグループがこんなメイクをしていたなと、ふと思い出した。

「お姉ちゃんが、わけわかんないこと言い出してん！」

未希ちゃんは、カウンターをバシンと叩くと、オーナーのほうに身を乗り出した。

「お姉さん……というと、絢《あや》さんですか？」

オーナーが問いかけると、未希ちゃんは「うん」と頷いた。

（あれ？　そういや、この子、オーナーの姿を見ても驚かないな）

『ティーサロン Leaf』に初めて来たお客様は、大抵、オーナーの姿に驚く。そこで気味悪がる人は出ていくし、受け入れる人は、心地良さそうにこの店の雰囲気を楽しんでいく。オーナー曰く、そういう人は、その後、常連になったりするらしい。

オーナーが彼女の名前と家族構成を知っているということは、未希ちゃんはこの店の常連なのかもしれない。

二人の親しげな様子を眺めていたら、オーナーが振り向き、

「こちらの方は楠木《くすのき》未希さんとおっしゃって、家族ぐるみで当店にいらしてくださる常連様です」

と、紹介してくれた。

「オーナー、誰、この人。新しいバイト？」

私の顔を見て怪訝な表情を浮かべた未希ちゃんに、自己紹介をする。

「私は瀬尾明理っていいます。一週間前から、『ティーサロン Leaf』でアルバイトをしています」

年下だが、お客様なので、とりあえず敬語で話すことにした。

「大学生？」

「はい」

「ふーん……そうなんや。それでさ、オーナー」

未希ちゃんは、私のことより、自分の話をしたくてたまらないのか、再びオーナーのほうを向いた。

「お姉ちゃん、大学が夏休みに入ってから、柄にもなく、北海道の牧場へアルバイトに行っててん。そしたら、昨日、家に連絡が来てさ。大学辞めて、このまま牧場に就職して北海道で働くなんて言い出してん！」

「えっ、そうなのですか？　確か絢さんは、有名な私立大学に通われていたのではなかったのでしたっけ」

「そうやねん！　秀才やねん、お姉ちゃんは！　小さい頃から真面目でさ、勉強もできて、私なんか逆立ちしたって行けへんような大学に合格してさ。それやのに、なんでいきなり北海道の牧場に就職なわけ？」

未希ちゃんは興奮した様子でオーナーに話している。

「お父さんもお母さんも、昨日から気落ちして、家の中が暗いねん！」

「お父様とお母様も、絢さんのことを自慢しておられましたからね」

オーナーはピッチャーからグラスに水を入れ、未希ちゃんの前に置いた。そして、興奮している彼女を落ち着かせるように、

「今日もケーキセットにされますか？」

と、問いかけた。

「今日のケーキ、何？」

「タルトタタンです」

「タルトタタンか。りんごぎっしりのやつやったっけ？　うん、食べたい。あと、アイスティー」

「かしこまりました」

オーナーはにこりと笑うと、脚立の上からぴょこんと飛び下りた。とてとてと歩いて、ケーキのショーケースへと向かう。中からキャラメル色のケーキを取り出して皿に載せているオーナーを見て、私は未希ちゃんにフォークとストローを用意した。

ショーケースの中にはココットも並べられている。そのうちの一つをケーキと一緒に皿に載せると、オーナーは未希ちゃんの前に置いた。

「お好みでこちらのヨーグルトソースをかけてお召し上がりください。すぐに紅茶をお出ししますね」

オーナーがアイスティーを入れている間に、未希ちゃんが早速タルトタタンにフォークを刺す。りんごがほろりと崩れそうになるのを上手くフォークに載せて口に運ぶと、未希ちゃんは満面の笑みを浮かべた。

「美味しー！　オーナーのタルトタタン、やっぱ最高や」

「へえ～、そうなんだ」

思わず砕けた調子で相づちを打ったら、

「ヨーグルトソースをかけると、味が変わるねん。酸味が増して、さっぱりするんやで」

と、教えてくれた。

ココットからヨーグルトソースをかけている未希ちゃんを見ていると、私も早くケーキが食べたいという気持ちになる。

「お待たせしました」

オーナーが、未希ちゃんの前にアイスティーを出した。

「ありがとう。オーナー」

未希ちゃんはオーナーにお礼を言った後、グラスにストローを刺しながら、私に向かって問いかけた。

「ねえ、瀬尾さん。大学って楽しいんやろ?」

「うーん、楽しいといえば楽しいかな」

私は、入学してからの三年と四ヶ月を思い返した。彼氏はいないものの、友達はそこそこ多い。サークルには入らなかったが、学部の友達と飲みに行く機会もあるので、結構遊んでいるほうだと思う。

(就職活動は楽しくなかったけどね……)

とはいえ、楽しくない就職活動はやめてしまったので、あと残っている「楽しくないこと」は卒論ぐらいか。

「大学ってめっちゃ勉強せえへんと入れへんのやろ？　私はバカだから、大学に入るのは無理」

未希ちゃんは、尊敬するような瞳で私を見ている。

「まあ、難しい大学もあるけど、そうでもない大学もあるよ」

「そうなん？　……お姉ちゃんはさ、小学校の時から成績が良かってん。うちさぁ、商店街で総菜屋をやってて、お父さんもお母さんも忙しくてさ。お姉ちゃんはお店の手伝いもしてて、そんなに勉強をしてる風やなかったのに、成績良かったから、きっと私とは、もともと出来がちゃうんやろね」

未希ちゃんは、ふぅと溜め息をついた。

「商店街の人からも『親孝行で秀才の絢ちゃん』って有名でさ。私、そんなお姉ちゃんと比べられるのがイヤで、どんどん勉強しなくなったし、店の手伝いもしなくなったし、放課後は遊んでばかりになってん。自分でもひねくれてるなって思うんやけどね」

タルトタタンを食べて、少し落ち着いたのかもしれない。私に自分のことを話してくれる。

「『勉強しなさい』って両親から言われるん、すっごくイヤやった。私が怒られている時、お姉ちゃんは、なんも言わんとじっと私を見てるねん。なんやバカにされてる気分でさ」

　未希ちゃんはおそらく、絢さんに劣等感を抱いているのだろう。

「わかる……！」

　私は未希ちゃんの手を、ガッと握った。

「えっ、何？」

　私がいきなり前のめりになったので、未希ちゃんが目を丸くしている。

「私のお姉ちゃんも優秀で、いい大学を出て、今は都庁で公務員をしてるの」

「公務員ってすごいん？」

「勉強しないとなれない」

「瀬尾さんのお姉ちゃんは賢くて、ええところに就職したんやなぁ。やっぱりそれが普通やんな。私、お姉ちゃんが突然『大学を辞める』なんて言い出したのが意味わかんなくて、めっちゃ頭にきてん。優秀なんやから、ずっと優秀でいればいいやん。なんで今になって、レールから外れようとするん？」

　自分に劣等感を抱かせ続けてきた相手が、将来有望な道から逸れることが、未希ちゃんにとっては裏切られた気分なのかもしれない。

未希ちゃんは私から手を離すと、腹立ちを紛らわすように、タルトタタンをばくばくと食べた。

ケーキを平らげ、アイスティーも飲み干した未希ちゃんは、「ごちそうさま」と行儀良く手を合わせると、椅子から立ち上がった。

「帰る。これから友達とカラオケに行くねん。オーナーと瀬尾さんに話を聞いてもらって、ちょっとすっきりした」

きっとストレス発散に行くのだろう。

未希ちゃんはレジでお金を払うと、私たちに手を振って店を出ていった。

いつの間にか写真撮影を終えていた慎さんが、カウンターへ戻ってきて、

「話、聞こえてましたよ、オーナー。また、お悩み相談を受けていたんですね」

と、オーナーの顔を見た。

「そうです」

「いつもながら、オーナーは人気者ですね」

「人気者?」

慎さんのほうを向いたら、

「オーナーのところには、色んな人が悩み相談や愚痴を言いに来るんだ」

と、教えてくれた。

「あ～、なんかわかる」

ぬいぐるみ姿のオーナーは癒やし系だ。可愛いものを見ると、誰しも幸せな気持ちになるものだ。安心感から、つい、心の中のもやもやを話したくなるのだろう。

納得をしていると、慎さんがデジタルカメラを差し出し、

「オーナー、瀬尾さん。いい写真が撮れましたよ」

と、今撮ったばかりの写真を見せてくれた。

「わぁ！　可愛い！」

海辺のセットの中で、落とし物のテディベアがこちらを向いてバンザイをしたり、片手を上げて歩いたりしている。生き生きとした表現に、私は目を輝かせた。

「慎さん、本当に写真が上手いんですね」

「……そうでもないよ」

謙遜しながらも、慎さんは軽く頬をかいている。

「さっき聞こえてきたけど、瀬尾さんってお姉さんがいるんだね」

照れている様子を誤魔化すかのように、慎さんが私に話題を振った。

「はい。五歳上の姉がいます。未希ちゃんにも話していたんですけど、公務員をしていて、優秀なんですよ。未希ちゃんのお姉さんみたいに、うちの両親も姉のことは自慢していて。……まあ、なんていうか、内定が一つも出ずに就職活動を諦めた妹とは

出来が違うんです」

　私は肩をすくめて自虐的に笑った。

　慎さんはそんな私を見て、

「別に、比べなくてもいいんじゃない？　お姉さんにはお姉さんの、瀬尾さんには瀬尾さんのいいところがあると思うけど」

　淡々とした口調でそう言った。思いがけず優しい言葉をかけられて、私は面食らった。

「あ……ええと、ありがとうございます……」

　照れくさくなり、もごもごとお礼を述べたら、慎さんは、ほんの少し唇を上げた。

「お礼を言うことでもないよ。僕はそう思ったからそう言っただけ」

　慎さんの微笑に、思わずドキンとする。

「オーナー、写真、印刷してきますね」

　慎さんはデジタルカメラからメモリーカードを取り出し、本体はオーナーに返すと、くるりと背中を向けた。工房へと戻っていく。

　その姿をぼんやりと見送っていると、オーナーが、ぽんと私の腕を叩いた。

「私も、慎さんと同意見ですよ。明理さんは素敵です」

　慎さんとオーナーの言葉で胸がいっぱいになり、私は、

「オーナー！　もう一度、抱きついていいですか！」

と、オーナーの体に手を伸ばした。

けれど、オーナーは、さっと身をかわし、

「うら若い女性が、気軽に男に抱きつくものではありません」

と、私を窘めた。

（男……。そうか、オーナーって男性なんだ）

声からわかっていたが、改めてそう言われると、不思議な気持ちがする。

「はーい」

私は反省していない声で、オーナーに返事をした。


その日の夜、姉の翠《みどり》から、久しぶりにメッセージアプリにメッセージが届いた。

最初は「元気にしてる？」という軽い内容だったが、二言、三言やりとりをするうち、「就職活動はどう？」という話題になった。

正直に「やめた」と送ると、「それどういうこと？」と戸惑ったような問いかけが戻ってきた。

『すごく素敵な喫茶店を見つけたから、そこで働きたいって思ったの。今はアルバイトだけど、一生懸命やってるから』

私の返信にすぐさま、

『アルバイト？　卒業後フリーターになるつもり？　お父さんとお母さんには話したの？』

と返ってくる。

『自分で考えて決めたことだから』

『就職は新卒でしておいたほうがいいわよ。経験ないと転職も難しくなるし、未経験で採用してもらえるなんて今だけだから。フリーターでいいなんて甘く考えてると後々痛い目を見るわよ』

小言めいた言葉に辟易して溜め息をつく。

（ああ、お姉ちゃん、いつもこうだ。私を下に見てる）

翠は幼い頃から良い子で、両親の覚えもめでたかった。安定志向で、希望通り公務員になり、今は同僚の恋人もいる。きっとそのうち結婚して、非の打ち所のない人生を送っていくのだろう。

『私のことは放っておいてよ』

翠にこれ以上あれこれ言われたくなかったので、私は素っ気ない言葉を送ると、それ以上、メッセージを見ないように、スマホをローテーブルの上に伏せた。

しばらくの間、通知を知らせる音が鳴っていたが、無視しているうちに、スマホは静かになった。

（未希ちゃんの気持ち、わかるなぁ……）

私は昼間に会った少女のことを思い出し、苦笑した。

ベッドに並べられたぬいぐるみの間から充電コードを引っ張り出す。スマホを繋いだ後、私は、一番くたびれているクマのぬいぐるみを手に取った。茶色で、首に赤いリボンを付けているクマは、少しオーナーに似ている。

「今は『ティーサロン Leaf』で頑張りたいんだ」

大好きなオーナー。無愛想だけれど不思議な魅力のある慎さん。二人と一緒に働きたい。

私はクマのぬいぐるみをぎゅっと抱きしめた後、枕元へ置き直した。

＊

（あー、朝からムカムカする）

私は、『ティーサロン Leaf』へ出勤する道すがら、昨夜届いていた、翠からのメッセージの内容を思い出し、腹立たしさを募らせていた。

さすがに未読のまま放っておくわけにはいかず、朝になって目を通したが、返事はしていない。

（お姉ちゃんって、正論ばっかり言うよね）

正論は、耳に痛い。確かに、フリーターより正社員のほうが安定しているし、将来的にも良いかもしれない。けれど、いくら就職活動をしたところで、世間が私をいらないというのだから仕方がない。

私を励ましてくれたのは、オーナーと慎さんだけ。だから、今は、『ティーサロンLeaf』でのアルバイトを頑張ると決めたのだ。

気持ちも新たに店まで行くと、小学校低学年ぐらいの女の子がうろうろしていることに気が付いた。長い髪を三つ編みにしていて、赤いフレアスカートとロゴの入った白いTシャツを着ている。目鼻立ちがくっきりとした可愛い子だ。背伸びをして、ショーウィンドウから、店の中を覗いている。

母親が店内にいるのだろうかと思いながら、私は女の子に近づくと、

「どうしたの？　中へ入りたいの？」

と、声をかけた。

すると女の子はびくっとした様子で振り向き、

「あ……」

と、小さな声をあげた。

「なんでもない……」

後ずさるように私から離れ、ぱっと背中を向けると、走り去ってしまった。

「……？」

女の子の謎の行動に首を傾げながらも、私は『ティーサロンLeaf』の扉に手をかけた。押し開けると、いつものようにドアベルが鳴る。

「おはようございます。明理さん」

オーナーの柔らかい声が聞こえたので、私は「おはようございます」と出勤の挨拶を返した。そして「あれっ？」と思う。今日はやけに店内が賑やかだ。喫茶スペースに五人の女性グループがいて、笑い声やおしゃべりが響いている。年齢は見たところ、二人は三十代、あとは、四十代、五十代、六十代だろうか。

「今日は午前中からお客さんが多いですね」

カウンターへ向かいながら、オーナーに声をかけると、

「今日はテディベア教室の日ですからね」

カトラリーを整理していたオーナーが、テーブルのほうへ目を向けた。

女性たちに囲まれて慎さんが座っている。よく見ると、テーブルの上には、布や糸、ハサミなどが散らばっていた。

「慎さん、本当に講師なんだ」

月に二度、土曜日の十一時から、教室を開いているという話は聞いていたが、頭のどこかで「テディベアの作り方を教える慎さん」のイメージがついていなかったので、講師をしている姿を見て感心した。

不愛想な慎さんは一体どんな風に教えているのだろうと思って見ていると、意外にも、時折、笑顔を浮かべている。

「なんだか、慎さん、楽しそう」

私の言葉を耳にしたオーナーが微笑んだ。

「テディベアのことに関すると、彼は柔らかくなりますからね」

慎さんに教えを乞おうと、女性たちは代わる代わる声をかけているようだ。

「モテモテですね！　慎さん、美形ですもんね」

普段は不愛想なので忘れがちだが、笑うと慎さんは魅力的だ。

慎さんと、生徒の女性たちを見ていたら、ふと、先ほどの女の子のことを思い出した。もしかすると、慎さんの生徒の中に女の子の母親がいるのかもしれない。

「オーナー。さっき店の前に小学生の女の子がいたんです。あの生徒さんの中の誰かの娘さんだったんじゃないでしょうか。店に入ってもらえば良かったかな」

「そんな方がいらっしゃったのですか？　ではお嬢さんがお母さんに急用だったのかもしれませんね。聞いてきましょうか」

オーナーは厨房から出てくると、慎さんの生徒たちのほうへ歩み寄っていった。

私は、その間にスタッフルームに入り、バッグを置いて、エプロンを身に着けた。

厨房で、本日のケーキのチェックをしていると、オーナーが首を傾げながら戻ってきた。

「小学生のお嬢さんがいらっしゃる生徒さんはいないそうですよ」

「そうなんですか？　じゃあ、あの子、何をしていたんだろう……。あっ、もしかして！」

私はようやく気が付いた。あの子は、ショーウィンドウに貼られた「迷子のテディベア」のポスターを見たのかもしれない。けれど、見知らぬ大人に声をかけづらくて、逃げてしまったのかも……。

急いでオーナーに、

「あの子、もしかすると、落とし物のテディベアの持ち主かもしれません」

と話したら、オーナーは「なるほど」と顎に手を置いた。

（考え込むオーナーの姿、可愛い）

話の途中なのに、思わず和んでしまった。オーナーの愛らしいしぐさを見ると、私の中の「萌ポイント」が急激に上がり、ハグしたいという欲望に駆られる。

私が、そろりそろりと手を伸ばしていたら、それに気が付いたのか、オーナーがさりげなく身を避けた。

「バレちゃったか」

残念な気持ちでつぶやいたが、

「そのお嬢様、またいらっしゃるかもしれませんね」

オーナーはさらっと聞き流し、カウンターの端へ視線を向けた。そこには、先日私が拾ったシュタイフのテディベアがちょこんと座っている。その隣には昨日はいなかった、愛嬌のある顔をした青いテディベアが、まるで友達同士のように寄り添っていた。

「わぁ、可愛い組み合わせ！　どうしたんですか？　あのテディベア」

「あの子は、慎さんの私物です。落とし物のテディベアが寂しそうだったので、隣に置いておくと言っていましたよ」

「慎さんの私物？　ということは、慎さんの作品？　それにしては、他のテディベアと雰囲気が違うけど……」

慎さんの作るテディベアはオーソドックスなデザインの正統派タイプ。けれど、目の前の青いテディベアは、身長は二十センチほどで、頭と体が同じぐらいの大きさをしている。鼻の部分は毛のない生地の切り返しになっていて、口の刺繍も大きな笑顔だ。耳は頭の低い位置で付けられていて、少しサルっぽさがある、個性的なものだった。

　随分作風が違うなと思っていたら、

「あの子は慎さんが作ったものではなくて、友達からプレゼントされたものだと聞いています」

　と、オーナーが教えてくれた。

「そうなんですね」

「いつもは工房の中に置いているようですよ」

「へえ～。可愛いですね。触ってみてもいいでしょうか」

「大丈夫でしょう」

　オーナーの許可を得て、私は青いテディベアを手に取った。シュタイフのベアより少し柔らかく、くるくるした巻き毛が可愛らしい。見ているとこちらも笑顔になりそうなベアだ。持ち上げると、リンと音が鳴ったので、鈴でも入っているのだろうかと触ってみたら、耳の中が硬かった。

「メリー……なんて書いてあるんだろう」

　足の裏にタグが縫い付けられていて「MERRYTHOUGHT」と書かれていた。シュタイフ社のボタン・イン・イヤーのタグのように、メーカー名が記されているのかもしれない。

「メリーソート、と読むのだそうですよ」

「シュタイフ社みたいに有名なぬいぐるみメーカーなんですか?」

「イギリスのメーカーだと聞いています」

オーナーと話し込んでいたら、不意にドアベルが鳴った。振り返ると、若いカップルが入口のそばに立っていた。

「ああ、教室が開かれている時間帯は、喫茶のほうにはお客様を入れていないのです」

オーナーが申し訳なさそうな顔をしたので、私は「わかりました」と言うと、メリーソートのテディベアをもとの場所に置き、「今日は午後からの開店になります」と伝えに、カップルのもとへと歩いていった。

*

私が『ティーサロン Leaf』に勤め始めてからあっという間に十日が過ぎ、八月に入った。今日は最高気温三十八度という猛暑日だ。お気に入りのペイズリー柄のスカートには裏地が付いていて、汗で足に引っ付いてしまう。レオパード柄のTシャツの首元をぱたぱたと仰ぎ、服の中に風を送りながら『ティーサロン Leaf』に向かっ

て歩いていると、

「瀬尾さーん」

背後から名前を呼ばれた。振り返ると、赤いリップを塗った少女が、セミロングの髪を揺らし、駆け寄ってくるところだった。見覚えのある顔に「あっ」と思う。未希ちゃんだ。

「瀬尾さん、バイトに行くところ？」

「うん、そうだよ」

「私も『Leaf』に行こうと思っててん」

未希ちゃんは人懐こく笑い、私の隣に立った。

今日はデニムのショートパンツをはいている。トップスは白いTシャツだったが、レースや端切れなどが縫い付けられた個性的なデザインだった。

「今日のお洋服、可愛いね。どこのブランド？」

服好きとしては、興味がある。尋ねてみると、未希ちゃんは目を丸くして、

「ほんま？」

と、大きな声を出した。

「ほんまにそう思う？」

「うん。すごく可愛い。あまり売っていないようなデザインだから、珍しいなって

思ったんだけど」

「うわー！　そんな風に言ってもらえて、めっちゃ嬉しい！　この服、お気に入りのレースと布を縫い付けて、自分でリメイクしてん。『未希オリジナルブランド』やで！」

「『未希オリジナルブランド』なんて素敵だね。未希ちゃん、裁縫が好きなの？」

「こんな風に服を作れるなんて器用だな」と思って聞いてみると、

「裁縫は、まだ苦手。でも、私、デザイナーになりたいねん」

未希ちゃんは目を輝かせて答えた。

「デザイナー志望なの？」

「うん。高校卒業したら、ファッション系の専門学校に進学したいねん。私、学校でも落ちこぼれやから、進学なんて無理やと思ってたんやけど、去年デビューしたアイドルグループのファンになって、その子たちの衣装を作りたいって思うようになってん。今は頑張って、受験勉強とか、服の勉強してるねん」

眩しいような笑顔で夢を語る未希ちゃんを見て、うらやましく思った。落ちこぼれなどと自分を卑下しているが、夢があるなんて素敵だ。

「そういえば、北海道にアルバイトに行っているお姉さんはどうしているの？」

ふと、未希ちゃんがオーナーに愚痴っていたことを思い出し、尋ねてみると、未希

ちゃんは、

「帰ってきぃひん。まだ北海道にいてる」

と仏頂面で答えた。

「お姉さん、大学はやっぱり辞めるつもりなの？」

「そうみたい。お母さんが説得の電話をしてるけど、私は腹が立つから連絡してへん」

どうやら、姉妹でやりとりはしていないようだ。

「それよりもさ、今日のケーキって何？」

気を取り直したように、明るい声で尋ねてきた未希ちゃんに、

「私も知らない。いつもお店に行ってからわかるの」

と、答える。

「そうなんや。瀬尾さんは、何か好きなケーキある？」

「チーズケーキが好きかな。レアもいいけど、ベイクドも好き」

「わかる〜！　どっちもいいやんな！」

他愛ない話をしながら『ティーサロン Leaf』の前まで行くと、

「ん？」

見覚えのある女の子の姿を見つけ、目を瞬かせた。三つ編みの髪を背中に垂らし、

背伸びをしてショーウィンドウから店の中を覗き込んでいる女の子は、先日も、ここに来ていた子に間違いない。私は女の子に近づくと、声をかけた。

「あなた、このあいだも来ていたけど、この店に用事があるの？」

女の子が振り返り、目を見開く。

「あ……えっと………」

何か言いかけたが、迷ったように口をつぐみ、俯いた。

私は彼女を安心させるように、

「中に入りたいの？　私たちと一緒に入る？」

と、誘ってみた。

女の子は驚いた顔をしたが、私と未希ちゃんを交互に見た後、小さく「うん」と頷いた。

「じゃあ、一緒に入ろう」

女の子に笑顔を向け、『ティーサロン Leaf』の扉を開ける。クーラーの冷気がふわりと流れてきて、生き返った心地がした。私は女の子を振り返ると、扉を押し開けた状態で、

「どうぞ」

と、促した。

女の子がおずおずと店内へと入り、未希ちゃんもその後に続く。女の子は販売コーナーで足を止めると、目を輝かせた。

「わあ、クマさんがいっぱい……！」

「明理さん、おはようございます。未希さん、いらっしゃいませ。今日は可愛らしいお連れ様がいらっしゃいますね」

カウンターからオーナーの柔らかな声が聞こえ、その姿に気が付いた女の子が、目を丸くした。

「大きなクマさんがいる！」

私と未希ちゃんは、それぞれ「おはようございます」「オーナー、こんにちは！」と返しながら、

「この子とは店の前で会ったんです」

「うろうろしててん」

と、説明した。

今日は慎さんもカウンター席に座っていて、紅茶を飲んでいた。彼の前には空になった皿がある。早めの昼食中なのかもしれない。慎さんは女の子に向かって無表情のまま会釈をした後、まじまじと私を見つめた。

「瀬尾さん。今日もまた……すごい格好をしてるね」

「すごい格好？」

「どこが？」と思って首を傾げると、

「ペイズリー柄にレオパード柄って……。前から思っていたんだけど、瀬尾さんって、独特のセンスしてるよね」

淡々とした声音で悪口を言われ、

「それ、ケンカ売ってると思っていいですか、慎さん？」

私は目を三角にした。

「いや、特に売ってないけど……」

慎さんに悪気はないのか、怒っている私を見て、ほんの少し困った顔をしている。

「明理さんのセンスは個性的で素敵だと思いますよ。慎さんも、そう言いたかったんですよね」

オーナーが微笑んで褒めてくれたので、私は気分を良くして、

「さすが、オーナーはわかってくれますね！」

と、両手を組み合わせた。

「クマさんが喋ってる……！」

私たちのやりとりを聞いていた女の子が、感動したような声をあげた。オーナーが、そんな彼女を見て、にこりと笑う。

「ええ。喋りますよ」

「すごい。ここ、やっぱりクマさんのお店なんだね。わたし、クマさん大好きなの！」

女の子は興奮した様子でカウンターに近づき、椅子に腰かけた。オーナーのほうへ顔を近づけながら、興味津々に目を輝かせている。

「あのね、前から気になっていたの。窓にいっぱいクマさんがいるんだもの。ママと一緒に公園に行く時、いつも見てたんだよ」

女の子は以前から、ショーウィンドウの中の慎さんのテディベアを見ていたらしい。

「だからね、ここに持ってきたら、ナッツも仲間に入れてもらえるかなぁって思ったの」

女の子の言葉に、オーナーが目をパチパチと瞬かせた。

「ナッツさん……といいますと、もしかして、この子のことでしょうか」

オーナーは背伸びをすると、カウンターの端にあるシュタイフのテディベアを引き寄せた。女の子が嬉しそうな声をあげる。

「あ、ナッツ！」

「君がこの子のご主人？」

慎さんが、隣に座った女の子に問いかける。女の子は、「うーん……」と少し考え込んだ後、

「友達」

と答えた。

「では、なぜその友達を、うちの看板に引っかけたんだい？」

「それは……」

慎さんの声音は柔らかだったが、女の子は顔をこわばらせて、黙り込んでしまった。

私と未希ちゃん、慎さんが女の子を見つめる。居心地悪そうにもじもじしている女の子に、オーナーが、

「ティーソーダでも入れましょうか」

と、声をかけた。

「ティーソーダって、美味しいやつや！」

未希ちゃんが、ぱっと笑顔になり、手を合わせる。

ティーソーダは『ティーサロン Leaf』の人気メニューで、紅茶をソーダとオレンジジュースで割った飲み物だ。

「未希さんにもお入れしますので、どうぞおかけください」

オーナーの呼びかけに、未希ちゃんは頷くと、女の子の隣に腰を下ろした。

私は、まだエプロンも身に着けていなかったことを思い出し、スタッフルームに飛んでいって、急いで身だしなみを整えてから、厨房に入った。

ストローとコースターを用意し、未希ちゃんと女の子の前に置く。女の子は、シュタイフのテディベアをいじっている。

紅茶を入れ始めたオーナーの横で、私は女の子に、

「ねえ、あなたのお名前はなんていうの？」

と、尋ねた。

「後藤美晴《ごとうみはる》」

「美晴ちゃんか。私は瀬尾明理だよ。そっちのお兄さんは慎さん。で、こっちのクマさんがオーナー」

『ティーサロンLeaf』のメンバーを紹介すると、美晴ちゃんはわかったというように頷いた。

「私は、楠木未希。よろしくね」

未希ちゃんが気さくに声をかけると、美晴ちゃんはもう一度頷いた。反応から、しっかりした子なのだと伝わってくる。

こわばっていた美晴ちゃんの表情が少し和らいだので、私は、そっと、

「美晴ちゃんはどうしてこのクマさんをお店の前に置いていったの？」

と、聞いてみた。すると、美晴ちゃんは唇を噛み、黙り込んで俯いてしまった。

（しまった。また警戒させちゃったかな）

「もう少し打ち解けてから聞けば良かった」と失敗に感じ、今度は、美晴ちゃんが答えやすいように質問の方向性を変える。

「美晴ちゃんはクマさんが好きなんだね」

「大好き！　わたしが小さい時、パパとママと一緒に、外国みたいなところに旅行に行ったの。海があって、お花が咲いていてね、それから、お城には大きなクマさんがいて、他にもいっぱいいっぱいクマさんがいたの！　すっごく楽しかった！」

「海と花……お城に大きなクマ……『ハウステンボス』かな？」

慎さんが顎に手を当て、考え込むような顔をする。

「『ハウステンボス』？　長崎の？」

「そう。『ハウステンボス』の中に、『テディベアキングダム』っていうテディベアの博物館があるんだよ。ジオラマとか、世界のメーカーベアなどが展示されてるんだ。高さが三メートルもある、大きなテディベアも飾られてる」

慎さんは、私の質問に対し、丁寧に説明をしてくれた。

「また行きたいなぁ」

訪れた時のことを思い出しているのか、美晴ちゃんが楽しそうに、椅子に座った足をぶらぶらと振っている。

「お父さんとお母さんに、また連れていってもらったらいいよ。美晴ちゃんが行きたいって言ったら、きっと連れていってくれるよ」

美晴ちゃんは私の言葉に「うん……」と曖昧に頷くと、表情を曇らせた。

「でも、今は理亜《りあ》が小さいから、むりじゃないかな……」

「理亜って、だぁれ？」

難しい顔をしている美晴ちゃんにそっと問いかけると、

「いもうと」

短い答えが返ってきた。未希ちゃんがその言葉に、ぴくりと反応をした。

オーナーがティーポットをグラスの上で傾けている。濃い目に抽出された紅茶を入れた後、オレンジジュースとソーダを注いだ。ロンググラスの中が、綺麗なオレンジ色のグラデーションになる。

「どうぞ」

オーナーがグラスを美晴ちゃんと未希ちゃんの前に置くと、固い表情を浮かべていた美晴ちゃんは、興味深そうにティーソーダに目を向けた。

「飲んでいい？」

「もちろん」

美晴ちゃんがストローの袋を開け、グラスに刺す。ちゅうっと吸った後、「美味しい」と笑った。

「しゅわしゅわする」

ご機嫌な様子に戻った美晴ちゃんに、慎さんが、

「このシュタイフの子……『ハウステンボス』でご両親に買ってもらったんだろ？」

と、静かに話しかけた。夢中でティーソーダを飲んでいた美晴ちゃんが、顔を上げ、頷く。

「うん、そう……」

「大事にしてたんだろ？　この子の体は汚れていないし、毛並みも潰れていない。大切に可愛がられていたんだなってわかる。それなのに、どうして、手放したりしたんだ？」

慎さんは、優しい目で、シュタイフのテディベアと、美晴ちゃんを見つめている。

美晴ちゃんは、慎さんの言葉を聞いて、泣き出しそうな顔になった。

「わたし、クマさんがいっぱいいるお店でこの子を見て、どうしてもほしいってわがままを言ったの。そうしたらパパとママが、『もうすぐ誕生日だから特別だよ』って買ってくれたんだ。『大事にしてね』ってママが言ったから、わたし、すごくだいじ

にしてた。……それなのに、理亜がわたしからこの子をとったの」

　美晴ちゃんの目から涙がこぼれたので、私は慌てて、ポケットからハンカチを取り出した。

「理亜に返してって言っても、理亜はイヤって言った。取り上げようとしたら、理亜は『これ、理亜の！』って泣くの。わたしと理亜がけんかしてたら、ママが『美晴はお姉ちゃんなんだから、貸してあげて』って……」

　ぐすぐすと鼻をすすり始めた美晴ちゃんに、ハンカチを握らせる。

「理亜はイヤばっかり。お洋服を着るのもイヤ。靴下をはくのもイヤ。ごはんを食べるのもイヤ。理亜がわがままばかり言うから、ママは大変そう。ママはごはんを作ったり、おそうじをしたり忙しいの。わたしがお手伝いをしたり、理亜のめんどうを見たりすると喜んでくれる。ママが喜んでくれるとうれしい。でも、ほんとうはね……」

　美晴ちゃんは「わたしだってわがまま言いたい」と、ぽろぽろと泣いた。

「ナッツだって返してほしい！　ママにわたしも見てほしい！　ママは理亜が生まれてから、理亜ばっかり。わたしより理亜がだいじなんだ……！」

　ハンカチで涙をぬぐうことも忘れて泣いている美晴ちゃんを見てわかった。

（そうか、美晴ちゃんには妹が生まれて、お母さんがそっちにつきっきりになっ

ちゃったんだな）

もしかすると、妹はイヤイヤ期に差しかかっているのかもしれない。「姉」である美晴ちゃんは、色々と我慢をしなければならないことが多いのだろう。

（『お姉ちゃんだから我慢して偉いね』って言えばいいのかな。でもそれって、余計にこの子を追い詰めそうな気がする）

どう声をかけていいのか迷っていると、

「なるほど。だから君はここにこの子を連れてきたんだね」

慎さんが柔らかな声で言った。美晴ちゃんがつらそうに、ぎゅっと目を瞑る。

「理亜にいじわるをしようと思ったの。最初はナッツを取り上げてかくしたの。でも、ママに見つけられちゃった。理亜が泣くのにどうしてかくしたりするのって怒られたから、今度は捨てちゃおうと思った」

「でも捨てられなかった。当然だ。ナッツは、君の大切な友達だったから。だから、公園に行く時に見かける、テディベアがたくさん飾られているお店に持っていけば、預かってくれるかもしれない――そう思ったんだろ？」

慎さんに確認をされ、美晴ちゃんは、こくりと頷いた。

「お母さんは、ちゃんと君のことを大切に思ってる。でないと、小さな子供に、何万円もするシュタイフのテディベアを買い与えるようなことはしない」

「えっ、このテディベア、何万円もするんですか？」

びっくりして慎さんのほうを向くと、

「ああ。シュタイフ社のこのサイズのテディベアだったら、三万円以上する。限定品だし、もしかしたら、もっとするかも。シュタイフ社のテディベアは、職人が一体一体、手仕事で丁寧に作っているんだ。素材もモヘアやアルパカなどの高品質な自然素材を使っていて、コストがかかってる」

慎さんは、常識とでもいうように、さらりと答えた。

「三万円……」

言ってみれば「たかがクマのぬいぐるみ」なのに、三万円とは。目の前のテディベアが、突然、価値のある高級品に変わって見え、私は目を丸くした。

「『美晴ちゃん。ボクを捨てないでくれてありがとう。ボクは美晴ちゃんのことが大好きだよ』」

オーナーが、幼い子供のような声色で美晴ちゃんに語りかけた。

「……と、この子は言っていますよ」

美晴ちゃんは、シュタイフのテディベアをぎゅっと抱きしめると、小さな声で「ごめんね、ナッツ」と謝った。

その後、美晴ちゃんと私たちは、色々なことを話した。

ご両親と旅行に行ったという長崎のこと、妹の理亜ちゃんが生まれた時のこと。理亜ちゃんは、今、二歳らしい。

「理亜が生まれた時ね、すごく小さかったの。『わたしがお姉ちゃんだよ』って言ったら、わたしの指をぎゅっとにぎったんだよ」

当時を思い出している美晴ちゃんに、

「理亜ちゃんは可愛いね」

と、声をかけると、

「うん……かわいい、かな」

美晴ちゃんは少し迷った後、頷いた。色々と腹の立つこともあるのだろうが、妹はやはり大切な存在なのだろう。

「わたし、お姉ちゃんだから、がまんして、しっかりする……」

ナッツの体を膝の上に載せ、そう言った美晴ちゃんを、慎さんが諭した。

「別にしっかりしなくてもいいと思うよ。君も妹と同じ幼い子供なんだから、無理せず、お母さんに甘えればいい」

「お姉ちゃんなのに甘えてもいいの？」

「それが子供の特権だよ」

表情は乏しいが、慎さんが美晴ちゃんにかける言葉には思いやりがあって、胸の中があたたかくなった。

ふと、もう少し、この人のことを知りたいと思った。

「おや、いつの間にか、もう二時間以上経ってしまいましたね」

二人の会話を聞いていたオーナーが、壁時計へ目を向け、驚いたように声をあげた。オーナーの言うとおり、美晴ちゃんが『ティーサロン Leaf』に来てから、かなり時間が経っている。

「美晴さん、そろそろお家に帰ったほうが良いのでは？　ご家族の方が心配しておられるでしょう」

オーナーが勧めると、美晴ちゃんは「うん」と頷いた。

「美晴ちゃん、ちょっと待って。オーナー、この子を送っていってあげてもいいですか？」

椅子から滑り降りた美晴ちゃんを呼び止めて、オーナーにお伺いを立てる。

「もちろん、いいですよ。大人が一緒のほうが安全でしょう」

「すぐ戻ります」

オーナーに了承を得ると、私はエプロンを脱いで軽く畳み、カウンター裏の棚に入れた。未希ちゃんも立ち上がり、

「私も一緒に行く。オーナー、またね」

オーナーに手を振った。美晴ちゃんも真似をして手を振る。

三人で連れ立って店を出ると、私は美晴ちゃんに問いかけた。

「おうちってどのあたりにあるの？」

「ええとね、わたしの家はマンションでね、この道をまっすぐ行って……」

美晴ちゃんが道の先を指さした時、

「美晴！」

美晴ちゃんを呼ぶ声が聞こえた。焦った声音に驚き、振り向くと、美晴ちゃんによく似た目鼻立ちのはっきりした女性が、ベビーカーを押しながら、足早に近づいて来るところだった。ベビーカーには二歳ぐらいの女の子が乗っている。

「美晴、どこにいたの！」

「ママ！」

女性はどうやら美晴ちゃんのお母さんのようだ。

美晴ちゃんのお母さんは、『ティーサロン Leaf』の前にいる私たちのところまでやって来ると、美晴ちゃんをぎゅっと抱きしめた。

「いつの間にか家の中からいなくなっているんだもの。心配したんだから……！」

お母さんの前髪が汗で濡れている。あちこち捜し回っていたのかもしれない。

「良かった、見つかって……」

「美晴ちゃん、このティーサロンに来ていたんです。これからお宅へお送りしようと思っていました」

　ほっとしている様子のお母さんに説明をすると、お母さんは美晴ちゃんを抱いたまま私を見上げ、怪訝な表情を浮かべた。

「美晴ちゃんがお店の前にいたので、誘ったんです。他意はなかったんですけど、ご心配をおかけすることになってしまってごめんなさい」

　慌てて謝罪の言葉を付け加える。

「そうなの？　美晴」

　お母さんは確認するように美晴ちゃんの顔を覗き込んだ。そして、「あら？」と目を瞬かせた。

「これ、ナッツ？　理亜が失くなったって大騒ぎしていたのに、どこにあったの？」

　ベビーカーの中の女の子は、妹の理亜ちゃんなのだろう。うとうととしている。美晴ちゃんを捜して、お母さんと一緒にあちこち回ったので、疲れて眠たいのかもしれない。

　美晴ちゃんは理亜ちゃんにちらりと目を向けた後、ばつの悪そうな顔をしながら、ナッツを背中に隠した。その様子に気が付いた未希ちゃんが、美晴ちゃんの肩に手を置いた。

「ナッツはこのお店に、ちょっと遊びに来てただけやんな」

「遊びに？」

お母さんは不思議そうな顔をしたが、黙っている美晴ちゃんを見て、何か察したのかもしれない。

「……そう。ナッツも理亜の相手をするのに疲れちゃって、お休みをもらいたかったのかな？」

優しく目を細めて美晴ちゃんの前髪を指先で横に流し、頭を撫でた。

「いつもありがとうね、美晴」

お母さんはもう一度ぎゅっと美晴ちゃんを抱いた後、ぽんぽんと背中を叩いてから立ち上がった。私たちのほうへ向き直り、会釈をすると、

「行こうか、美晴」

片手でベビーカーを持ち、もう片方の手で美晴ちゃんの手を握った。

「うん！」

美晴ちゃんは嬉しそうにお母さんの手を握り返し、元気良く答えた。

「バイバイ！」

テディベアを小脇に抱えて、何度も振り返りながら去っていく美晴ちゃんを、私と

未希ちゃんは姿が見えなくなるまで見送った。

美晴ちゃんたち母子が道を曲がっていった後、未希ちゃんがぽつりとつぶやいた。

「お姉ちゃんかぁ……」

「どうかした？」

「今まで考えたことなかったんやけど、姉って、妹の知らないところで、色々と我慢してるもんなんやね」

「もしかして、絢さんのことを考えてる？」

「うん。……もしかして、うちのお姉ちゃんも、何か我慢してることでもあるんかな」

「気になるなら、聞いてみたらどうかな？」

微笑みながら勧めると、未希ちゃんは照れくさそうに鼻をかいた。

「そうやね。今夜、メッセージしてみる」

＊

シュタイフのテディベアが美晴ちゃんのもとへ帰ってから一週間が過ぎた。

今日のケーキもタルトタタンだ。カウンターには、とろとろに焼いた柔らかなりんごにフォークを入れている未希ちゃんがいる。星空模様のチュールのスカートに、白いタンクトップを合わせている。チュールのスカートは自分で作ったものらしい。

「それでさ、お姉ちゃんのことなんやけど」

未希ちゃんは私とオーナーの顔を交互に見て話し出した。慎さんは、ショーウィンドウの展示替えをしている。

「お姉ちゃん、私のために就職するつもりやったみたい」

「どういうこと？」

「私、前に瀬尾さんに、ファッション系の専門学校に行きたいと思ってるって話をしたやん？　専門学校って学費が高いんやって。うち、あんまりお金ないんやって。せやから、私を専門学校に進学させるのは厳しいって……」

私は黙ったまま未希ちゃんの話の続きを待った。

「この話、お姉ちゃんから聞いてん。お父さんとお母さんが悩んでるって。だからお姉ちゃん、自分が大学辞めて、私に進学させようとしたみたい。『未希がせっかく持った夢やし、叶えさせてあげたかった』って言われてん。私、嬉しいよりも頭にきてもうて、『お姉ちゃんやって頑張って勉強してたのに、なんでそんなこと言うん？』てゆうたら、『勉強は趣味なだけ』なんて言うんやで」

「就職するにしたって、いきなり北海道だなんて」

驚いたら、未希ちゃんは深々と溜め息をつき、

「お父さんとお母さんが連れ戻しに来ぉへんように、遠い場所を選んだんやって」

と、呆れた様子をみせた。

「私、今まで遊んでばかりやったから、よく両親に小言を言われててん。お姉ちゃん、私のこと、心配してくれてたみたい。もしかしたら、私に気ぃ使って、美晴ちゃんみたいに『手のかからない良い子』を演じてくれてたんかもしれへん。悪いことしてしもたなぁ……」

「本来ならご両親に心配をかけるはずのない絢さんが、心配をかけてまで就職先に北海道を選んだのは、何か理由やきっかけがあったのかもしれません」

　オーナーが、落ち込んでいる未希ちゃんに優しく声をかける。

「理由ってなんやろ？　でもさ、北海道で就職するのは、大学を卒業してからでもええと思うねん。私はお姉ちゃんに大学を辞めてほしくない。せやから、私もバイトして学費を貯めようと思っててん。勉強も、もっとして、奨学金もらえるように頑張る」

「お姉さんにその気持ちを伝えてみてはどうですか？」

　未希ちゃんの決心を聞いて、オーナーは目を細めた。そして、

「このタルトタタンの由来を知っていますか？」

と、未希ちゃんの目の前の皿を指し示した。

「知らへん」

未希ちゃんが首を振る。私も知らなかったので、話に耳を傾けていると、オーナーは、

「フランスのソローニュ地方の小さな町でホテルを営んでいた、タタン姉妹が作ったものだと言われています」

と、語り出した。

「姉妹が?」

未希ちゃんが、興味を引かれたように、ぱちりと目を瞬いた。

「姉妹は美味しい料理でお客様をもてなしていたそうです。ある日、ホテルがとても忙しかった時、姉妹の片方がデザートを作ろうと、りんごを型に入れ、オーブンで焼いたのですが、慌てていたために、タルト生地を敷くのを忘れてしまったのです。それで、上からタルト生地を載せて、焼きあがってからひっくり返すという荒業に出たのですよ。そうしたら、あめ色に輝く、蕩けたりんごのタルトが完成していたのです。このケーキは評判になって、姉妹のホテルの看板菓子になったそうです」

「へえ~!　このタルトって、そんな由来があるんや!」

未希ちゃんが感心した声をあげた。私も一緒になって「へえ~」と言う。

「姉妹のケーキかぁ……。お姉ちゃんが帰ってきたら、一緒に食べたいな……」

じっとタルトタタンを見つめる未希ちゃんに、オーナーが穏やかな声で勧める。

「アイスティーのおかわりはいかがですか？」

「うん。お願い」

末希ちゃんはにっこりと笑って頷き、タルトタタンを口に入れた。

その時、カランとドアベルが鳴った。

「いらっしゃいませ」

振り向いて見ると、そこにいたのは美晴ちゃんと、ベビーカーを押した美晴ちゃんのお母さんだった。ベビーカーには理亜ちゃんが乗っている。美晴ちゃんは腕の中にシュタイフのテディベア・ナッツを抱いていて、理亜ちゃんもテディベアを持っている。新しく買ってもらったのかもしれない。

「おや、美晴さん。いらっしゃいませ」

「クマさん！」

美晴ちゃんがオーナーを見て笑った。お母さんを振り仰ぎ、自慢げな表情を浮かべる。

「ね、本当にクマさんがいるでしょ？」

お母さんは、喋るテディベア――オーナーに、びっくりしている。

オーナーは厨房を出ると、メニューを手に、母子のもとへと近づいていった。

「お席にご案内します」

「あっ、はい」

オーナーをまじまじと見つめていたお母さんが、慌てた様子で頷いた。

私と未希ちゃんは顔を見合わせると、どちらからともなく笑い声をあげた。

第三章　コロンビエとウェディングベア

　土曜日のランチタイム。本来なら混み合うはずのこの時間帯。『ティーサロンLeaf』は閉店していた。今日は、慎さんが開いているテディベア教室の講習日なのだ。

　三つ組み合わせた二人がけのテーブル席に、五人の女性が座っている。そのうちの一人は私だ。

　他の四人は、一人は二十代の派手めな女性、二人は三十代のママ友同士、もう一人は六十代の上品な老婦人だった。

　私たちの目の前には、何枚かの布と、ピンクッションに刺された針、糸、ハサミなど、裁縫の道具が並べられている。

「それでは、今日もよろしくお願いします。吉田《よしだ》さんは、今日から初参加ですから、何かわからないことがあれば遠慮なく聞いてください」

　慎さんが二十代の女性に向かって声をかけた。彼女は吉田舞華《まいか》さんといって、今日から教室に参加する生徒だった。舞華さんは結婚を控えているらしく、披露宴会場に飾るウェディングベアを作りたくて、慎さんの講習会に申し込んだのだと聞いている。

そして、なぜ私までが教室に参加しているかというと――。

「私も慎さんみたいに、自分のテディベアが作れたらいいのに」

先日、何気なくオーナーに話したら、

「それなら、習ってみてはどうですか?」

と、勧められたのだ。テディベア作りには興味があったので、慎さんに頼んでみたところ、教えてもらえることになった。

「では、まずはモヘアを切っていきます。目の前の生地を見てください」

皆が、目の前に置かれていた布を手に取る。茶色で毛足があるので、これがクマの体になる生地だと、すぐにわかった。

「そちらの布はアンゴラ山羊の毛で作られた織物で、モヘアといいます。ちなみにドイツ製です。僕は、シュタイフ社のテディベアに使用されているものと同じ、品質の良いものを選んでいます」

慎さんの説明に、皆が、ふむふむと頷く。講習費の他に、テディベアの材料費も慎さんに支払っている。結構な金額だったので、きっと高級な素材なのだろう。

モヘアの生地に触ってみると、少しごわごわとしている。

「毛足に流れがあるはずです。それを読んでください」

慎さんはなんでもないことのように言ったが、

(毛の流れを読む?)

私と舞華さんは、意味がわからず首を傾げた。ママ友の一人、村田さんと、もう一人の谷さん、そして岸本さんという老婦人は、何度か講習会に参加しているので、慎さんの言わんとしていることがわかるようだ。

「よく見ると、毛並みに向きがありますよね」

慎さんに言われて、私はモヘアをじっと見つめた。確かに、モヘアの毛並みが一方向に向かって流れている。

「上下がわかりますか?」

慎さんが舞華さんと私の顔を見た。私たちは「なんとなく」と頷いた。

「では、その毛流れに合わせて、型紙の線を引いていきます」

私と舞華さんはテーブルの上に用意されていた型紙を、おのおの手に取った。これは慎さんのオリジナルの型紙だ。モヘアの生地を裏返し、毛並みの流れている方向を意識しながら、頭、手足、胴体、耳と並べて、ペンで線を引いていく。他の生徒たちは、勝手知ったる様子で作業を進めている。

「線が引けたら、ハサミで切ってください」

慎さんに言われて、モヘアにハサミを入れてみると、ジョキジョキと刃を動かすたびに毛が舞って、私は手で目の前を払った。

「ああ、瀬尾さん。コツは、ハサミを毛の隙間に差し込んで、生地だけ切っていくんだ」

慎さんにアドバイスを受けて、

「こうですか？」

毛と生地の隙間にハサミの先を入れてみる。

「そうそう。そうすると毛が切れないから、舞わない」

「なるほど」

言われたように切ってみると、確かに毛の舞う量が減った。

（ただ生地を切るだけでもコツがあるんだなぁ）

私と慎さんのやりとりを聞いていたのか、他の生徒たちも真似をして、ハサミの入れ方を変えたようだ。

「切れた！」

頭のパーツが三つ、手と足のパーツはそれぞれ四つ、胴体は二つ、耳は四つ。全てのパーツを揃え、私は満足した声をあげた。

「では今度は、足の裏と手のひらのパーツを切ります。足の裏はこちらのミニチュアファブリックという生地、手のひらは今回はフェルトを使用します」

慎さんが指し示した生地を引き寄せる。アイボリー色のミニチュアファブリックはごくわずかに毛足が立っていて、しっとりとした手触りだが、ナイロン製らしい。その名のとおり、ミニチュアのテディベアを作るのに向いている生地なのだそうだ。

こちらの生地とフェルトも型紙通りに切り出し、準備完了。

「では、縫い始めましょうか」

慎さんがにこやかに私たちを促した。普段は感情がないかのように無表情なのに、講習中の慎さんは人当たりがいい。そのギャップに、やはり驚いてしまう。

（この人、本当に、テディベアに関係している時だけ明るくなるんだなぁ……。不思議な人）

慎さんをぼんやりと見ていたら、「どうしたの？　瀬尾さん」と怪訝そうな顔をされた。

「何かわからないことでもあった？」

「えーっと……どれとどれを縫い合わせたらいいのかよくわからなくて」

「左右対称になっているパーツだよ。毛の生えているほうを内側に合わせて、まち針でとめるんだ。貸してみて」

慎さんが手を伸ばし、私の前から足のパーツを取り上げた。中表に合わせて、まち針で器用にとめていく。針に糸を通し、手本を見せるように数針縫い進めた後、

「こんな感じ。わかった？」

私にパーツを返した。

「縫い方は半返し縫い。針を一目進めた後、半分戻って、また縫い進めるという方法だよ。少し面倒くさい縫い方だけど、テディベアは綿をパンパンに詰めるから、こうして丈夫に縫っておかないと、縫い目が弾けてしまうんだ」

私に向けられた慎さんの説明に、他の生徒が「へえ～」「そうなんだ」と相づちを打っている。

私はおっかなびっくり針を動かし始めた。裁縫は、高校の家庭科の授業以来、ご無沙汰だ。他の生徒たちは手芸のたしなみがあるのか、迷いなく手を動かしている。唯一、舞華さんだけが、私と同じように、手元がおぼつかなかった。

村田さんと谷さん、岸本さんは、余裕のある様子で、おしゃべりを始めた。「私たち、子供が幼稚園の時からのママ友なんです」「あらそうなの。仲がいいのね」などという会話が聞こえてくる。

女性たちの会話を耳にしながら針を進めていたが、不意に、

「痛っ！」

と声が聞こえた。舞華さんが左手の人差し指を見て、情けない顔をしている。

「刺したんですか？　大丈夫ですか？」

「うん。でも少しだから、なめておけば大丈夫」

心配になって声をかけると、舞華さんは苦笑して、人差し指を口にくわえた。すると、

「待って。針で指を刺したら、後で腫れてくることもあるから、消毒しておいたほうがいいです」

慎さんが立ち上がり、工房の中へと入っていった。すぐに外に出てきた慎さんの手には、消毒薬と絆創膏の箱が握られている。舞華さんのそばまで歩いていくと、彼女の手を取り、人差し指に消毒薬を振りかけた。

「まだ血が止まっていませんね。結構、深く刺しましたね」

「あはは……。私、不器用だから」

舞華さんが恥ずかしそうに笑っている。

舞華さんの指に、くるりと絆創膏を巻いた後、慎さんは「これでよし」とつぶやいた。

「無理せず、ゆっくり進めてください。結婚式までに完成したらいいのでしょう？　今日、いっぺんに進めなければいけないわけではないですから」

慎さんに優しく声をかけられ、舞華さんは、やや頬を赤らめながら「はい」と頷いた。美形の慎さんに笑顔を向けられると、照れくさくなる気持ちはわかるような気が

する。

(うーん……どうりで、教室の生徒さんから、慎さんはモテるはずだ)

慎さんは講習を受けに来るお客様から評判がいい。講習のない日でも、慎さん目当てに『ティーサロンLeaf』にやってくるお客様もいるほどだ。普段の慎さんは工房にこもり、仕事用のテディベアを作っていることが多いので、そういったお客様が来ても、特に相手をすることもないのだが。

講習会以外ではつれない慎さんだが、真剣にテディベアを作っている姿が素敵だと、以前、常連のお客様が話していた。

舞華さんが指を怪我するというハプニングはあったものの、私たちはなんとか、頭と足のパーツを縫い合わせた。頭は立体的なので、縫い合わせるのは特に大変で、私と舞華さんは四苦八苦したが、他の女性たちは、難なくこなしていた。針を動かしているうちに、皆、打ち解けてきて、雑談をするようになり、村田さんと谷さんは、子供の幼稚園バッグや、小物などを制作した経験があり、岸本さんは、もともと手芸が趣味なのだという話を聞いた。

そのうち、話題は舞華さんの結婚のことへと移った。

「いつ結婚式を挙げるの?」

「十一月の中旬です」

「あら、いい季節ね」

岸本さんの質問に、舞華さんが笑顔で答える。

「付き合って一年目の記念日に挙げようって話になって」

「えっ！　一年？　付き合って一年も経たずに結婚が決まったってことですか？」

私は目を丸くした。スピード結婚だ。

「うん。私、もう二十九歳だし、最初に『結婚の意思がないなら付き合いません』って言ったの。付き合い始めて、すぐに、プロポーズしてもらったわ」

「すごい。大胆ですね」

「『この人だ』って運命を感じたし、中途半端に付き合いたくなかったから」

舞華さんは清々しい口調で言った。

「結婚式と披露宴はホテルで豪華にするつもり。親戚と友達たくさん呼んで、皆で賑やかにやりたいわ。ドレスも二着は着たいし、前撮りもしたいなぁ」

夢見るように話す舞華さんを見て、うらやましいなと思った。私もウェディングドレスには憧れる。

（でも、彼氏いないけどね……）

私の場合、結婚したいなら、まずは恋人を見つけなければならない。

（恋人か……。どんな人がいいかなぁ）

実は、この歳になるまで、恋愛経験がない。

(優しい人がいいな。人の気持ちを察して、気遣いができる人)

そう考えて、ぱっと慎さんの顔が浮かんだ。

(えっ？　なんでここで慎さん？)

私は、隣で他の生徒にレクチャーしている慎さんに、ちらりと目を向けた。タイミングがいいのか悪いのか、慎さんが岸本さんに教えながら笑顔を浮かべていて、思わず、胸がドキンとした。

(いやいや、ちょっと待って……。慎さん、だいぶ年上だし)

若く見えるが、慎さんは三十代だとオーナーに聞いたことがある。

一人で赤くなっていると、

「そろそろ時間が来ましたね」

慎さんが軽く手を叩いた。講習会の時間は一時間半だ。おしゃべりに花を咲かせている間に、時間がきたようだ。

「皆さん、キリのいいところまで進んだようですし、今日はここまでにしましょう」

「はーい」

「ありがとうございました」

皆が口々にお礼を言い、帰り支度を始める。パーツを入れるジップ付きの袋を、慎さんが配っている。今日縫いきれなかった分は、自宅で進めておくよう、宿題になった。

生徒たちは、パーツを入れた袋をそれぞれのバッグにしまうと、立ち上がった。

「お昼食べていく？」

「そうしよう」

どうやら、村田さんと谷さんは、ランチをしてから帰るつもりのようだ。

「それでは、失礼します」

「また、再来週に」

岸本さんと舞華さんは笑顔で私たちに向かって会釈をすると、店を出ていった。

テディベア教室が終わったので、『ティーサロン Leaf』はこれから開店だ。スタッフルームで手早くエプロンを身に着け、お仕事モードへ気持ちを切り替える。

扉に掛けていた「ＣＬＯＳＥ」の札をひっくり返し「ＯＰＥＮ」に変えた後、メニューを片手に、ママ友たちをソファー席へと案内する。二人から、サンドイッチとアッサムティーの注文を受けると、カウンターへ戻り、

「オーナー。サンドイッチとアッサムティー、お願いします」

と、注文を通した。

ピッチャーから水をグラスに入れていると、

「明理さん、講習お疲れ様でした」

茶葉を用意しながら、オーナーが私に声をかけてきた。

「講習は楽しかったですか？」

「楽しかったです！　テディベアってああいう風に作られているんだってわかりました」

「普段見慣れているものも、作り方がわかると、見る目が変わりますよね」

「はい！　まだ序盤ですけど、テディベアを作るのに、手間がかかることは感じました」

その手間のかかるテディベア制作を、慎さんは仕事にしているのだから、たいしたものだ。講習を行っていたテーブルを片付けている慎さんを振り返り、私はふと、

（そういえば、慎さんって、なんでテディベア作家をやっているんだろう）

と思った。

「聞いてみようかな」と考えている間に、慎さんは片付けを終え、工房の中へと入っていってしまった。

（タイミング逃しちゃった。ま、いいか。今度聞いてみよう）

私は気を取り直すと、水のグラスをトレイに載せ、ママ友たちのもとへと向かった。

＊

初めての講習会から二週間が経ち、二度目の講習会の日がやってきた。

今日のメンバーも前回と同じ顔ぶれだ。

「では、今日はテディベアの頭を作っていきます」

各人の前には、袋に入った綿が置かれている。それから、T字の木の棒。テディベアの目になるパーツ、刺繍糸、間接のパーツも用意されている。

「その棒はスタッフィングスティックといって、テディベアに綿を詰めるのに使う道具です。このように持って……」

慎さんがTの頭の部分を握ると、私の手元にあった頭のパーツを取り上げ、スタッフィングスティックで押し込むように綿を入れ始めた。

「ぎゅっぎゅっと硬く詰めていきます」

そんなに入れるのかと驚くほど綿を詰め込んでいく慎さんの手元に、皆が注目している。

「はい。瀬尾さん。続きをやってみて」

途中まで綿の詰められた頭のパーツを返されたので、スタッフィングスティックを握り、慎さんの真似をして綿を入れてみる。

（結構、難しいな）

なかなかバランス良く丸くならない。

どうにかこうにか詰め終えると、慎さんに、

「これでどうですか？」

と、確認を求めた。慎さんは私が差し出した頭を受け取り、ぎゅっぎゅっと握った後、

「まだ入りそうだな」

スタッフィングスティックで綿を押し込んだ。慎さんがスタッフィングスティックを動かすと、不思議にも、いっぱいだと思っていた頭の中に隙間ができる。

「もっと硬くなるまで入れるんだ」

「わかりました」

何度か慎さんにチェックしてもらいながら綿を入れ終えると、間接パーツを挟み込んであき口を閉じた。間接のパーツは、ヘアピンのような金属の棒に、金属の輪っか、ワッシャーと、紙を圧縮して作られた輪っか、ハードボードディスクを差して使うらしい。これを胴体に通し、金属の棒をくるりと丸めると固定され、かつ動く仕組みになるのだそうだ。

「テディベアって、こんなパーツが入っていたんですね」

感心している私を見て、慎さんが笑った。

「面白いだろ？　これなら、そうそう抜けない」

今日の慎さんもいい笑顔だ。

（もしかして、オーナーの体にも、こんな関節パーツが入っているのかな？）

そんなことを考えている横で、慎さんが長いぬいぐるみ針に刺繍糸を通している。

「頭に綿が入ったら、今度は表情を作っていくよ。瀬尾さん、もう一度、頭、貸してくれる？」

慎さんが手を差し出したので、頭を渡す。

「ここから針を差し込み、鼻の部分に糸を出して、まずは横に縫ってから、三角になるように縦に縫っていくんだ」

針が動くたび、みるみると鼻ができていく。

「ごめん。皆に手本を見せたいから、瀬尾さんの分は僕が縫う」

「構いませんよ。むしろ、ありがとうございます」

難しそうなので、慎さんがやってくれるのはありがたい。

慎さんのおかげで、私のテディベアの頭に、あっという間に鼻がついた。

皆も真似をして鼻の刺繍を始める。私は手持ち無沙汰になってしまったので、皆の作業を見守った。

　慎さんは私のテディベアの鼻は茶色の刺繍糸で縫っていたのに、舞華さんにはピンク色を勧めていたので、なぜなのだろうと思いながら二人のやりとりを見ていると、視線に気が付いた慎さんがこちらを向いた。

「吉田さんが作っているものはウェディングベアだから、新婦ベアはピンク色の刺繍糸、新郎ベアは青い色の刺繍糸を使うと可愛いと思うんだ」

「なるほど」

　それはペア感が出て可愛いに違いない。

「そういえば、結婚式の準備は順調ですか？」

　刺繍をしている舞華さんに結婚の話を振ってみると、前回嬉しそうに話してくれた舞華さんは、顔を曇らせて溜め息をついた。

「……それがあまり順調じゃなくて」

「えっ？　そうなんですか？」

「うん……。このあいだ、打ち合わせがあったんだけど、彼と、披露宴の演出で意見がぶつかったの」

「やりたいことが違うとか？」

「ていうか、私がやりたい演出を『それ、本当にやるの？』って聞いてくる……」

舞華さんは不満そうに唇を尖らせている。

「会場はお花でいっぱいにしたいのに『少なくていいんじゃない？』とか、ドレスを二着着たいって言ったら『お色直し、必要？』とか。挙げ句の果てに、料理のランクも下げるって言い出したのよ！　なんか、ケチケチしてて、すごくイヤ！」

ふくれっ面で文句を言い始めた舞華さんに、どう返事をしていいのかわからず、私は戸惑いながら「そうなんですね」と相づちを打った。

「ウェルカムドリンクも省きたいみたいだし、ゲストをもてなす気ないのかしら。せっかくお祝いに来てくれるのに！　裕哉《ゆうや》ってそういうところあるの。服だって滅多に買わなくて、襟元がよれたTシャツを着てたりする。家具だって、大学生の時から使っている安いものだし、おしゃれ感、全然ないの」

（大学生の時からの家具を使ってるなんて、すごく物持ちがいい人なんだなぁ）

どうやら、舞華さんの婚約者の裕哉さんは、倹約家のようだ。

（舞華さんは、バッグもブランド品だし、化粧品とか、まつげエクステとか、ネイルとか、お金をかけていそうだよね。もしかすると、婚約者と価値観が合わないのかもしれない）

私は、椅子の下の荷物かごに入れられている、一流ブランドのロゴの付いた舞華さんのバッグに、ちらりと視線を向けた。

「今は共働きなのに家事とかも手伝ってくれないの！　私、販売職で、帰宅が遅いのよ。向こうは残業のない仕事で、早く家に帰っているのに、私が帰るまで何も食べずに待っているから、疲れた体に鞭打ってご飯を作っているの。裕哉の家って、お母さんが専業主婦らしくて、女性が家事をするものって考えがあるみたいで……」

舞華さんの愚痴は、披露宴準備の話から、だんだん逸れてきて、裕哉さん自身のことへと移り始めた。

「もう一緒に住んでいるんですね」

「うん。結納が終わってから、同棲を始めたの。まだ数ヶ月しか経っていないから、お互いに探り探りのところはあるかな。とりあえず、脱いだ靴下は洗濯かごに入れてほしい！」

「確かに、それは入れてほしいかも。ちょっとずぼらですね」

舞華さんを宥めるように同意しておく。

ぶつくさ言いながら、舞華さんが刺繍を終えると、今度は目を付けることになった。

目は、キノコの笠のような形のガラスに、ワイヤーのループが付いている。慎さんが使っているものは、イギリス製で、職人が一つ一つ作っているのだそうだ。

慎さんは再び私から頭を借りると、まち針状になった仮目であたりを取った後、目を付けた。ガラス製なので輝きが良く、照明があたるとキラリと光り、テディベアの表情が生き生きとして見えた。

それから耳も縫い付け、ゆうに、今日の講習時間全てを使って、頭が完成した。バランス良く可愛く作るのは難しく、皆、苦戦していた。

「顔ができると、なんだか感動しますね」

だんだん完成に近づいてきたという気持ちと、この子が自分の子になるのだという気持ちで嬉しくなり、慎さんに笑顔を向ける。

「顔ができると、命が吹き込まれつつあるって感じがするだろ？　でも、瀬尾さんの分、ほとんど僕がやってごめん」

「別にいいですよ。テディベア作りをマスターしたら、また自分で作りますから」

謝ってきた慎さんに両手を横に振ってみせる。

「そう？　また作ろうっていう気持ちになってくれたら、嬉しいよ」

慎さんが、にこっと笑った。普段の無愛想さのかけらもない素敵な笑顔にドキッとする。

（慎さん、ギャップありすぎるよ！）

以前、「恋人なら慎さん」などと考えてしまったことを思い出し、頬が火照る。

「ああ、そうだ、吉田さん」

慎さんは私から視線を逸らすと、帰り支度を始めている舞華さんに声をかけた。

「もし良かったら、展示会に来ませんか？　今度、僕と、知り合いのテディベア作家が集まって、グループ展をするんです」

「へえ～！　面白そう」

舞華さんが興味を示したので、慎さんは「少し待っていてください」と言って工房へ入っていった。何かを手に、すぐに戻ってくる。

「これＤＭです。ギャラリーの住所が書いてありますから」

「このギャラリー知ってる。中崎町よね。わぁ！　写真可愛い！」

差し出されたＤＭを手に取り、舞華さんは表裏を返して、顔をほころばせた。

（どんな写真なんだろう）

「良かったら、瀬尾さんもどうぞ」

私が気にしている様子を感じ取ったのか、慎さんが、私にもＤＭを渡してくれた。

ポストカード状のＤＭには、片面に慎さんのテディベアの写真が載せられていて、もう片面に、展示会の開催期間やギャラリー情報が載せられている。テディベアの写真は、白い布の上に置かれて撮影されたシンプルなもので、そばに大きなロゼッタが飾られていた。まるで、何かの賞を取ったような写真だと思っていたら、

「それ、去年のコンベンションで賞を取った作品の写真だよ」

慎さんが、軽い口ぶりで説明をした。

「コンベンション？」

「テディベアの大きなイベント。毎年、東京で開催されてる。全国のテディベア作家が集まって作品を販売したり、企業が出展したり、コンテストが開催されたりするんだ」

「へえ～！　そんなイベントがあるんですね！」

テディベアの世界に、大規模なイベントがあるとは知らなかったので、私は目を丸くした。

「コンテストで賞を取るなんてすごいですね。さすがです。慎さんのテディベア、可愛いですもん」

手放しで賞賛したら、

「運が良かったんだよ」

慎さんは謙虚に、軽く手を振った。

「賞を取ったテディベア、見てみたいかも。会期中に行くね」

「良かったら、彼と一緒に来てください」

「彼は……どうかな。テディベアには興味ないかも……。でも、聞いてみるね」

慎さんの誘いに、舞華さんは曖昧に頷いた。

＊

『ティーサロン Leaf』の定休日。

慎さんの展示会を見に行くため、私はオーナーと一緒に、中崎町エリアにあるギャラリーを目指していた。

「ああ、ここですね」

オーナーが一軒の小さなビルの前で立ち止まった。昭和を感じさせる、古い二階建てのビルだ。入口のそばにいくつかの看板が出ていて、『カフェ夢の家』や『古着屋コバルトブルー』などと店名が書かれている。その中に『ギャラリー猫の手』という看板があり、慎さんの作品が写ったDMを大きく引き伸ばしたポスターが貼られていた。

「明理さん、入りましょう」

ビルの中へ入ったオーナーの後に付いていく。『ギャラリー猫の手』は二階だったので、急な階段を上る。二階には二つ部屋があり、片方の部屋の扉が開いていた。

「こっちのようです」

オーナーと一緒に部屋に入ると、

「オーナー、来てくださったんですね」

受付に慎さんがいた。隣に女性が座っている。年の頃は三十代後半といったところだろうか。オーナーの顔を見るなり、笑顔を浮かべた。

「オーナー！　わあ～！　お久しぶりですぅ！」

女性は椅子から立ち上がると、オーナーのところまで足早にやってきた。オーナーの両手を取り、ぶんぶんと振る。

「お会いできて嬉しいです！」

「爽子《そうこ》さん、お久しぶりです」

「オーナーは今日も可愛いですね！」

爽子さんと呼ばれた女性とオーナーは知り合いのようだ。テンションの高い女性に気圧されている私に、慎さんが、

「爽子さんは僕のテディベア作家仲間で、今回のグループ展のメンバーだよ」

と教えてくれた。

「へえ～」

「ゆっくり見ていって。記帳もしてくれると嬉しい」

慎さんに記帳を勧められ、差し出されたペンを取って、ノートに名前を書く。傍らのオーナーに目を向けると、オーナーはいつの間にか爽子さんに抱きしめられてい

た。

「うぐぐ……爽子さん、苦しいです」

「オーナーのこの手触り最高……」

うっとりしている爽子さんを見て、「同士がいた！」と思った。

（オーナーの体は気持ちいいよね。わかる）

うんうんと、心の中で頷く。

オーナーが爽子さんに捕まってしまったので、先にギャラリー内を見て回ることにした。

部屋の中にはいくつかの長テーブルが置かれていて、布やレースなどが敷かれている。長テーブルは、アンティーク調のトランクや、洋書、ブリキのおもちゃ、造花などの小道具で、世界観が作られていた。その上に、大きなものから小さなものまで、様々なテディベアが飾られている。

「わあ、これ、すごい！　小さい……！」

私は、五センチぐらいの大きさの、テディベアの前で立ち止まった。小さな椅子に座っているテディベアは、水色のドレスを着ている。

「どうやって作ってるんだろう」

頭なんて、一センチあるかどうかという大きさだ。それなのに、目鼻がしっかりと付いていて、とても可愛い表情をしている。

「それ、爽子さんの作品だよ」

感心していると、慎さんが近づいてきた。

「小さいけどジョイントを入れているらしくて、頭も手足も動くんだって。爽子さん、触っていいですか？」

オーナーを捕まえている爽子さんに慎さんが声をかけると、「いいわよー」という答えが返ってくる。

慎さんは慎重な手つきでテディベアを取り上げると、

「ほら。動くだろ？」

と、頭を軽く回した。

「ほんとだ……！　ジョイントってあれですよね、手足頭を体に取り付ける時に、ボードを挟むやつ」

先日受けた、慎さんのテディベア講習会のことを思い出しながら尋ねたら、

「そう。こんな小さなベア、よく作れるな、って感心するよ」

慎さんはそう言って、ふっと笑った。慎さんの言葉には、爽子さんを尊敬する気持ちが感じられた。

「作家歴長いからね。慣れよ、慣れ！」

私たちの会話が聞こえていたのか、爽子さんが明るい声をあげた。

「目もグラスアイらしいよ。こんな小さいの、なかなか売ってないんだよな。だから、自作しているんだって」

「自作！」

爽子さんはかなり手先が器用なようだ。

慎さんがテディベアをもとの場所へと戻したので、私は爽子さんのテディベアの前から離れると、隣のテーブルへ移動した。そちらにはカラフルな積み木が積まれていて、二十センチぐらいの大きさのテディベアが五体、様々なポーズで飾られていた。赤色や青色、紫色や黄色といった、派手な色の生地を組み合わせたテディベアは個性的でポップだ。

「すごく派手」

「このテディベアは諸星《もろぼし》さんっていう人が作ってるんだ。生地は自分で染めてるらしい。色が綺麗だろ？」

慎さんが再び解説をしてくれる。

諸星さんという人のテディベアは独創的で、慎さんのオーソドックスなテディベアを見慣れている私には奇抜すぎる気がしたが、こういう作品が好きな層もいるのだろう。

諸星さんの作品の隣は、一転、古びたテディベアだった。くたびれたようなくったりとした姿勢で、所々禿げた体をしている。

(新しいものじゃないの?)

古いテディベアも飾っているのだろうかと首を傾げると、慎さんがすかさず、

「それは、万田《まんだ》さんの作品。万田さんの作風は、新しいベアをわざと傷めさせて、アンティーク調に作るんだ」

と教えてくれる。

「わざと傷めさせる……」

なんだか少し可哀想な気がしたが、これはこれで味がある。

最奥のテーブルには、賞を取ったという慎さんのテディベアが飾られていた。三十センチぐらいの均整の取れた体つきで、私の好きなオーソドックスなデザインだ。リボンも服も着けておらず、ヌードの状態だが、惹き付けられる魅力があった。

「すごい……素敵」

私は慎さんのテディベアを見て、感嘆の溜め息をついた。

一筋たりとも乱れのない鼻の刺繍。バランスのいい目の大きさ。本物のような肉球。アルカイックスマイルを浮かべる口元。何かを語りかけてくるような、言葉では表現ができない、あたたかさがにじみ出ているテディベア。ここまでの作品が作れる

ようになるには、一体何年の経験がいるのだろう。

「すごいでしょう、慎君のテディベア」

いつの間にか爽子さんが私の隣に立っていて、慎さんのテディベアを見つめていた。

「飾りも何もないベアで、こんな風に人の心を揺さぶる作品を作るのって、とても難しいことよ」

「そうなんですね……」

オーナーもそばにいて、慎さんのテディベアを見つめている。

「良い作品ですね」

「……ありがとうございます」

慎さんは私たちに褒められて頬をかいた。わかりづらいが、照れくさそうな様子だ。

(慎さん、なんだか可愛い)

ふふっと笑っていたら、慎さんは不思議そうに私を見た。

「まあ、慎君のテディベアはすごいけど、私にとっての一番は、オーナーだけどね!」

爽子さんは明るくそう言うと、再びオーナーに抱きついた。

「わわっ！　爽子さん、急に抱きつかないでください」

「うーん、このもふもふ感、最高。癒やされる……」

うっとりとした表情をしている爽子さん。この人はよほどオーナーが好きらしい。

不意に背後で足音がしたので振り向くと、ギャラリーの受付に女性客がいた。舞華さんだ。隣には、見知らぬ男性がいる。

「あっ、吉田さん。いらっしゃいませ」

慎さんが足早に舞華さんたちのほうへ向かう。

「こんにちは。先生。お誘いいただいたから、彼と一緒に来たの」

舞華さんの隣に立った男性は、

「北原《きたはら》裕哉です」

と、お辞儀をした。裕哉さんは、目が細くて少し垂れた、人の良さそうな顔をしている。声もおっとりとしていて、柔和な雰囲気の人だ。

「先生。これ、お祝い」

舞華さんが手に持っていた紙袋から小さな花のアレンジメントを取り出し、慎さんに手渡した。

「お気遣いいただいて、ありがとうございます。どうぞ、ごゆっくりご覧ください」

舞華さんと裕哉さんは記帳をした後、ギャラリー内を回り始めた。狭いギャラリーなので、私とオーナーの姿にも気付いていたのだろう。私たちにも「こんにちは」と挨拶をしてくれる。

「もしかしてこちらが、舞華が通っているテディベア教室のオーナーさん？」

オーナーの姿を見て驚いた裕哉さんが、小声で舞華さんに尋ねている。

「うん、そう。可愛い方でしょ」

舞華さんが頷くと、裕哉さんは改めてオーナーのほうを向き、

「舞華がお世話になっています」

と、頭を下げた。丁寧な人だ。

「ねえ、裕哉。こっちに来て。色んなテディベアがいる」

舞華さんが裕哉さんの腕を引いたので、私とオーナーは裕哉さんに会釈をした。裕哉さんも会釈を返し、舞華さんに引っ張られるままについていく。

「この子、超個性的。カラフル！」

「本当だね」

諸星さんのテディベアの前で立ち止まった二人は、興味津々という顔で、作品を見つめている。

（仲が良さそう）

舞華さんは前回のテディベア教室の時、裕哉さんに対する不満を口にしていたが、

今見ている限り、二人は仲睦まじい様子だ。

「舞華もテディベアを作ってるんだよな。どれぐらい進んだの？」

「今、一体目を作っている途中」

「裁縫が苦手だって言っていたのに、『自分で作る』って言い出した時はびっくりしたよ」

「それだけ、今回の結婚式に力を入れているのよ」

舞華さんが強く返事をすると、裕哉さんは気圧されたように頷いた。

「うん、舞華はそうだね」

（披露宴の準備、やっぱり上手くいっていないのかな？）

少し困った顔をしている裕哉さんを見て、私はそんな風に感じた。

「さて、見学もしましたし、そろそろお暇しましょうか。明理さん、少しお腹が空いたので、お茶にでも行きませんか？　下の『カフェ夢の家』に行ってもいいですね」

私が舞華さんと裕哉さんを気にしていると、オーナーが声をかけてきた。

「お茶？　いいですね！」

小腹が空いていたので、弾んだ声をあげる。

「オーナーとお茶……いいなぁ」

爽子さんがうらやましそうな目で私を見ている。

「今度は私とデートしてくださいね、オーナー！」

名残惜しそうな爽子さんと、慎さんに見送られ、私たちはギャラリーを後にした。

『カフェ夢の家』は、その名のとおり、メルヘンチックな店だった。テーブルの上にはレトロな花柄のクロス、磨りガラスの窓にはレースのカーテンが掛かっている。店員の女性は、頭にチェック柄の三角巾を巻いていて、フリルのエプロンを着けていた。洗練された可愛さというよりは、良い意味でどこか野暮ったく、懐かしさを感じさせる。

「なんというか……お人形さんの家みたいなお店ですね」

昔に流行った着せ替え人形をイメージし、感想を言うと、オーナーに、

「明理さんは子供の頃はお人形派だったのですか？」

と、問われた。

「いいえ。私は断然、ぬいぐるみ派でした！」

小学校の友達の中には、着せ替え人形が好きな子もいたが、私は人の形をしたものよりも動物の形をしたもののほうが好きだった。

「明理さんは本当にぬいぐるみが好きなのですね。そんなに好きになる何かきっかけでもあったのですか？」

「きっかけ……ありますね」

オーナーに興味深げに尋ねられ、私は、子供の頃、動物園で迷子になった時のことを話し出した。

「小学校に入る前、家族で動物園に行った時、私、迷子になっちゃったんです。泣きながら、親を捜してうろうろしていたら、声をかけてくれた人がいて。確か、若い男の人だったと思うんですけど……。私の手を引いて、動物園のスタッフのところまで連れていってくれたんです。スタッフの人に、『もうすぐお母さんが来るよ。大丈夫』って言われても、私、ずーっと泣いていて。そうしたら、その男の人が、クマのぬいぐるみをくれたんです。多分、売店で買ってきてくれたんだと思います」

男の人の顔はよく覚えていないが、クマのぬいぐるみをもらって泣き止んだ私を見て、彼がほっとしたように微笑んだことだけは記憶に残っている。

「ふわふわしたクマのぬいぐるみを抱いていたら、とても安心したんです。その後、おとなしく待っていたら、親が迎えに来ました」

男の人は、私が両親と再会すると、すぐに去っていってしまった。

「私がぬいぐるみが大好きになったのはそれからです」

「素敵なお話ですね」

私の話を聞き終えたオーナーが、目を細める。

「だから、オーナーのことも大好きです」

こぶしを握って力説したら、オーナーは楽しそうに笑った。

「光栄です。――あ、ケーキが来ましたよ。明理さん」

私の前にイチゴのタルト、オーナーの前に焼き菓子が置かれた。オーナーが注文したのは、コロンビエという名前のお菓子だ。楕円形の生地に砂糖の衣がかかっていて、真ん中に鳩の形の砂糖菓子が載っている。

「それ、どういうお菓子なんですか?」

初めて見るお菓子だったので聞いてみると、

「これはアーモンドの生地の中にフルーツの砂糖漬けを加えて焼いたお菓子です。聖霊降臨祭に食べるお菓子ですね。今は秋なので、季節外れではありますが」

との答えが返ってきた。

「聖霊降臨祭?」

「聖霊が使徒たちの上に降臨したことを記念する、キリスト教の祝日です。このお菓子に、陶器の小さな鳩のマスコットを入れて、それを引き当てた人は、一年以内に結婚するという言い伝えがあるそうです。由来になった愛の物語がありまして……」

オーナーは説明をしながら、コロンビエにフォークを刺し入れた。

パクリと口にして、

「うん、甘くて美味しいです」

と、顔をほころばせる。

（オーナーの体の中って、確か綿じゃなかったっけ？）

食べたものが一体どこへ行くのだろうと不思議に思いながら、オーナーの食べる姿を眺めていると、

「明理さんも一口食べてみますか？」

と、勧められた。

（私、そんなに物欲しそうな顔してたの？）

恥ずかしい気持ちになったが、コロンビエの味には興味があったので、「はい」と頷く。

「どうぞ」

オーナーはフォークに一切れコロンビエを載せると、私の口元へ差し出した。

「ありがとうございます」

ぱくんとフォークを口の中に入れる。

（甘い……！）

砂糖の衣の下には、アプリコットジャムが塗られているようだ。生地はしっとりとしていて、アーモンドの風味を感じるものの、重たくはなく、甘すぎるわけでもな

い。だから、周囲にかけられた砂糖の衣とジャムが合うのだろう。中に入れられたフルーツの洋酒漬けが、良いアクセントになっている。生地の周りにはアーモンドダイスがまぶされているので、食感も楽しい。

「美味しいです……！　私、洋酒漬けのフルーツって、大人の味でちょっと苦手だったんですけど、これは平気です」

「本来はメロンのコンフィを入れるものらしいですね」

メロンのコンフィ入りのものも美味しそうだ。

「オーナーも私のタルトを食べてみますか？」

私は自分のフォークを取り上げると、イチゴのタルトを一切れ取り分け、オーナーのほうへ差し出した。

「どうぞ」

「ありがとうございます」

今度はオーナーがフォークを口に入れる。

「カスタードクリームとイチゴの甘酸っぱさが相まって、とても美味しいです」

（オーナー、可愛い……！）

丸っこい手で両頬を押さえているオーナーの姿を見て、胸がきゅんとする。

「オーナー、オーナー！　もっと食べてください！」

私はイチゴのタルトを、もう一切れフォークに載せると、オーナーに勧めた。

「そんなにもらうと、明理さんの分がなくなるのでは……」

「いいんです！」

（私は、オーナーがケーキを食べている可愛いところが見たいんです！）

もう一度「オーナー、どうぞ！」と、フォークを差し出す。

オーナーと「あーん」のしあいっこをして、甘いお菓子に舌鼓を打ち、幸せな時間を過ごした後、カフェラテを飲みながら、

「そういえば、慎さんって、いつからテディベア作家をやってるんですか？」

オーナーなら知っているかもしれないと、疑問に思っていたことを聞いてみた。

「本格的に仕事にし始めたのは、二十代の頃だそうですよ。制作自体は、小学生の時からやっていたそうです」

オーナーの答えに、驚きの声をあげる。

「小学生の時から？」

慎さんは三十代なので、二十年近いキャリアがあるということになる。

「子供の時から作っていたなんて、手芸が好きだったのかな」

「お母様が洋裁の先生だそうですよ」

「ああ、なるほど」

小さい頃から、針と糸と布に囲まれた生活を送っていたのだろう。自然と、慎さんも、ものを作るようになったのかもしれない。

「そんなに長い間一つのことにのめり込めるなんて、慎さん、よほどテディベア作りが好きなんですね」

「慎さんは、おそらく……自分の作ったテディベアで誰かが喜んでくれることが嬉しいのだと思います」

オーナーは静かにそう言うと、目を伏せて、口元に笑みを浮かべた。

「誰かが喜んでくれる……かぁ」

私は、幼い頃に動物園でもらった、クマのぬいぐるみのことを考えた。あのぬいぐるみは私の宝物になり、つらい時も楽しい時も支えになってくれて、今も私のそばにある。たかがぬいぐるみかもしれない。けれど、それに意味を見い出した人にとっては、家族にも等しい大切なものだ。

「慎さんのテディベアは、きっと、たくさんの人を笑顔にしていますよね」

そう言うと、オーナーは「私もそう思います」と、あたたかなまなざしで頷いた。

＊

夏の名残で、未だ暑い日の続く九月の下旬。

今日は、三度目のテディベア教室の日。

「村田さん、そっちの目打ちを取ってくれへん？」

「はい、どうぞ」

「ペンチ、先に借りるわね」

手芸が得意な村田さんと谷さん、岸本さんたちが順調に制作を進める中、私と舞華さんは、テディベアの体に足を付ける作業に苦戦していた。

「ピンが、上手く、曲がらないっ……」

カッターキーレンチというドライバーのようなもので、足と体を通したジョイントのピンを曲げようと四苦八苦している私の手元を、慎さんが心許なそうに見つめている。

「気を付けて。手を滑らせないように……」

そう注意を受けた途端、ピンからカッターキーレンチが外れ、思いきり、先端で顎を打ってしまった。

「いった～あ！」

顎をさすっていると、

「瀬尾さん、こっち向いて」

慎さんが真剣な顔で私の顎をつまみ、自分のほうへ向けさせた。顔と顔の距離が近づき、内心で「うひゃあ」と悲鳴をあげる。

「ああ、ちょっと皮がめくれてるな……。血が出てる」

「ええっ！　血？」

ぎょっとして顎を押さえると、慎さんの言うとおり、手のひらに少し血が付いた。

「はい、ティッシュ。あと、これ、消毒薬」

慎さんに消毒薬を手渡されたので、私はそれをティッシュに振りかけると、じんじん痛む部分に当てた。

「しみる～ぅ」

「大丈夫？」

心配そうに声をかけてくれた舞華さんに、

「吉田さんも気を付けてください。ピンを曲げるの、結構、難しいです。勢いよくやらないほうがいいです」

と、アドバイスをする。

「うん、気を付ける」

舞華さんは表情を引き締めた後、カッターキーレンチを手に取った。

カッターキーレンチの先端は、マイナス状にくぼみができている。そのくぼみを、ピンに引っかけ、通してあるハードボードディスクとワッシャーの根元まで巻いていくのだ。ピンはヘアピン状になっているので、二度、巻く作業が起こる。見た目のイメージとしては、縁日などで売られている紙の笛「吹き戻し」が近いかもしれない。

恐る恐る舞華さんがカッターキーレンチを動かしている様子を、慎さんが見守っている。

ティッシュを顎から外してみると、血が止まったようなので、私は気を取り直し、再度カッターキーレンチを握った。今度は注意深く、ピンをくるくると巻き取った後、

「慎さん、今度こそ、できました」

ふうと息を吐いた。

「どれどれ」

慎さんが私の手からテディベアの体を受け取り、ジョイントの締まり具合を確認する。

「ちょっと緩いな」

足を軽く動かした後、テーブルの上に置いてあったペンチを取り上げ、細かい調整をかけ始めた。真剣なまなざしだ。

「ここできっちり締めておかないと、手足がすぐに緩むから……何？」

私がじーっと顔を見つめていることに気が付いたのか、慎さんがこちらを向いて不思議そうな表情を浮かべた。

「あ、いいえ。慎さんって、本当にテディベア作りが好きなんだなって思って見ていたんです」

私が答えると、慎さんは一瞬息を呑み、

「……そうでも、ないよ」

ぽつりとつぶやいた。

「……?」

「どういう意味なのだろう」と首を傾げた私に、慎さんはそれ以上は語らず、

「はい、できたよ」

と、テディベアの体を返した。

「この調子で、右足と、両手も付けて。その後は頭だから」

「ラジャーです!」

完成までもう少し。私は額に手を当て敬礼のポーズを取った。

しばらくして、どうにかこうにか、体に手足と頭を付けた後、私と舞華さんは、

「わあ! クマの形になった!」

「テディベアっぽい!」

と、歓声をあげた。まだ手足と体に綿が入っていない状態だが、形は既にテディベアだ。完成形が見えてきて、テンションも上がってくる。

「あとは綿を入れて、閉じたらできあがり」

「テディベア作りって、意外と力がいるんですね。頭に綿を詰めるのも大変だったし、ジョイントを回すのとか、力業でしたよ？」

綿とスタッフィングスティックを用意している慎さんに感想を言うと、慎さんは、

「そうだろ？」

と、微笑んだ。

「完成品を見ているだけだとわかりませんでした。前に、シュタイフのテディベアは、職人さんが手仕事で作っていて、高価なものだって言っていましたよね。それが、よくわかった気がします」

こんなに手間暇をかけて作られたものなら、値段が高いのも頷ける。

「ああ～、私、あとこれをもう一体作らなきゃならないのよね……」

舞華さんが溜め息をついた。そういえば、彼女が作っているのはウェディングベアだった。

「二体目、間に合いそうですか？」

「どうかな……」

「間に合いそうになければ、彼氏さんにも手伝ってもらうとか？」

私は、自信がなさそうな舞華さんに提案をしてみた。

「うーん、無理じゃないかな。彼、私が一生懸命、結婚式の準備をしているのに、今ひとつ協力的じゃないから……」

舞華さんはそう答えると、曇った表情で黙り込んでしまった。

（どうしたんだろう。前に、結婚式や披露宴のことで、彼氏さんと意見が合わないって言っていたけど、今ももめてるのかな）

私は心配になって、助けを求めるように慎さんに目を向けた。舞華さんにどう声をかけていいのかわからない。

「マリッジブルーですか？」

慎さんが舞華さんに問いかけると、舞華さんは寂しそうに笑った。

「マリッジブルー？　……これって、そうなのかな。なんだかね、最近、彼と価値観が合わないなって感じることがあるの。お金の使い方もそうだし、生活習慣とか、家事や家庭への考え方とか……。私は、いいものや、人が喜ぶことには、少し無理をしてでもお金を使いたい。結婚式にこだわっているのは、人生一度きりの経験だからなの。経験ってプライスレスじゃない？」

舞華さんが、同意を求めるように、私たちの顔を見る。

「結婚後も、子供や家庭だけじゃなく、自分の人生も大切にしたいから、仕事は続けたい。家事育児も分担して、夫婦で協力してやっていきたい。でも、彼は違うみたい。お金は節約して貯めるもの。家事育児は女性がするもの。そう思っているみたい」

深々と息を吐いた後、

「ここ数ヶ月、一緒に住んでみて、なんだか考え方が違うなって思った」

ふふ、と苦笑を浮かべた舞華さんに、どこか諦めに似た雰囲気を感じ、私は不安になった。

「彼、私が仕事で疲れて帰ってきて、ご飯を作った後、いちいち頼まないと、食器も洗ってくれないの。イヤになっちゃう」

冗談めいた口調だったが、舞華さんは心の底から「イヤになっている」のだと感じた。

（ご飯のことは、きっかけの一つにすぎないんだろうな。ささやかなきっかけで、色んなことが目に付くようになって相手のことがイヤになって、そんな風に思ってしまう自分のこともイヤになって……。でも、舞華さんの彼氏さん、興味がないテディベア展にも一緒に来てくれるような優しい人みたいなのに……）

私は、慎さんの展示会に姿をみせた裕哉さんの、人の良さそうな顔を思い出した。

「吉田さん。先日、僕の展示会に、北原さんと一緒に来てくださいましたよね」

慎さんが、穏やかな声音で舞華さんに話しかけた。

「テディベアって、作家の色が出るんです。極端な話、同じ型紙を使って作ったとしても、作り手が違えば、違う顔になります。言うなれば、個性です。――人間も同じです。一人一人に個性があります。価値観だって、違うでしょう。でも、縁があって夫婦になるんです。その個性や価値観を認め合って、お互いに協力して人生を歩むのも、夫婦の形ではないかと、僕は思います。一度、北原さんと腹を割って話し合ってみてはどうですか？」

慎さんが言葉を終えると、

「そうそう。それがいいと思うわよ！」

いきなり岸本さんが話に割り込んできた。

「最初が肝心！　変に我慢すると、何十年も我慢することになるから」

どうやら、こちらの話を聞いていたらしい。

「うちのダンナも結婚当初は家事は女性がするものみたいに思ってるところがあったけど、子供が生まれてから、仕事をしながらの家事育児がどれだけ大変なのか、こんこんと説明をして、今は、協力体制でやってるねん」

「それにね、我慢してるのはこっちばっかりって思いがちやけど、相手も我慢していることってあったりするし、溝が深くなる前に、一度、お互いの気持ちのすりあわせはしておいたほうがいいよ」

村田さんと谷さんもアドバイスに参加してくれる。先輩たちの話を聞いて、舞華さんは、はっとした様子で、

「そうですね。確かに、私ばっかりって思っていたかも……」

と、つぶやいた。

「私、今日、家に帰ったら、彼と話し合ってみます。皆さん、ありがとうございます」

少し気分が晴れたように笑顔になった舞華さんを見て、皆、「そうしてみて」「頑張って」と口々に励ました。

明るい顔になった舞華さんを微笑みながら見つめている慎さんを見て、私はふと、慎さんが展示会に舞華さんを誘ったのは、「個性」について気付いてもらうためだったのかもしれないと思った。

＊

三度目のテディベア講習会の数日後。

『ティーサロンLeaf』には、特別な常連客が来ていた。

「オーナー、今日のケーキ、何？」

カウンター席に座り、足をぶらぶらさせているのは、楠木未希ちゃんだ。

「コロンビエです」

「なんや、タルトタタンやないんかぁ〜」

残念そうにテーブルの上に突っ伏した未希ちゃんの隣に座る、おとなしそうな年上の女性が、

「未希、オーナーに失礼やで。姿勢を正して」

と、窘めた。

「すみません。楠木さんご姉妹が来るとわかっていたら、タルトタタンを焼いておいたのですが」

未希ちゃんの隣にいるのは、姉の絢さんだ。夏休みに北海道の牧場へアルバイトに行っていた彼女だが、未希ちゃんのその後の説得で、大学の中退は思い留まり、こちらへ帰ってきたらしい。

「北海道から帰ってこられたんですね」

私はコロンビエを用意しながら絢さんに声をかけた。

「はい。未希が専門学校のことは自分で頑張ると言ってくれましたし、一旦、北海道

のアルバイトは辞めました」

「でも、北海道で働くことは絢さんの夢……だったのですよね」

オーナーの問いかけに、絢さんはびっくりした表情を浮かべた後、

「オーナーはお見通しなんですね。――そうです、私、北海道の大自然の中で働くのが憧れやったんです」

と、恥ずかしそうに告白をした。

「私、本音では、未希がうらやましかった。北海道で働くのは未希のためと言いながら、未希に影響されて、自分の夢を追いかけてみたかっただけかもしれません」

「両親にも心配をかけて自分勝手でした」と、うなだれた絢さんに、未希ちゃんが励ますような言葉をかけた。

「私、お姉ちゃんは優秀やし、一流企業に就職するのが似合ってるって思ってた。でも今は、お父さんとお母さん、それから私に遠慮せずに、好きなことしてほしいって思ってる」

絢さんは、妹の言葉に目を丸くすると、未希ちゃんの腕にぎゅっと抱きついた。

「未希のそういう優しいところ、好き」

「す、好きって……なんなんそれ！」

絢さんに笑顔を向けられて、未希ちゃんが真っ赤になっている。

私は、仲良し姉妹の微笑ましい光景に、あたたかな気持ちになりながら、二人の前にコロンビエを置いた。

その時、カランとドアベルが鳴って、新たなお客様が入ってきた。

「いらっしゃいませ。あ、吉田さん！　……と、北原さん！」

入口に立っていたのは、舞華さんと婚約者の裕哉さんだ。

「こんにちは」

舞華さんが朗らかに挨拶をした隣で、裕哉さんが控えめに会釈をする。私は厨房から出ると、メニューを持って二人のもとへと近づいた。

「ソファー席にされますか？」

「ううん。今日は、オーナーにお願いがあって来たから、カウンター席で」

「わかりました」

舞華さんと裕哉さんをカウンター席へと案内する。

二人にメニューを渡すと、本日のケーキとアールグレイティーを注文された。

「何か、私にお願いごとがあるとか？」

オーナーが二人に尋ねると、

「うん。披露宴の最後に渡すプチギフトを作ってもらいたいの」

舞華さんは笑顔でオーナーに話しかけた。

「プチギフトですか」

「ここのケーキって美味しいし、それに、私にとっては特別なお店だからお願いしたいと思って。——今日は市来先生は忙しいの？」

舞華さんが工房にいる慎さんへ目を向ける。

「今日はオーダーを受けているテディベアの制作で忙しいらしいんですけど、呼んできましょうか？」

「忙しいのなら、いいわ。先生に悪いし。瀬尾さん、後で伝えておいてくれる？」

「はい、なんでしょう？」

「今度のテディベア教室から、裕哉も参加させてくださいって」

「えっ！　北原さんも参加するんですか？」

驚いて裕哉さんを見ると、彼は恥ずかしそうに頷いた。

「舞華が作っているテディベア、僕も手伝うことにしたんです。二人の初めての共同作業ということで」

「へえ～！　それはいいですね！」

披露宴の準備や、価値観の違いでぎくしゃくしていた二人が、一緒にウェディングベアを作る気持ちになったことに驚いた。

「披露宴のことも話し合ったの。式場に頼むばかりじゃなくて、自分たちで工夫して、費用を抑えようってことになって。式場を通したら、前撮りって高いのよ。写真は趣味でカメラをやっている友達に頼むことにしたわ。少し残念だけど、お花の量も減らした。式場のプチギフトは値段の割にたいしたことないし、同じお金を払うのなら、美味しいものがいいから、オーナーにお願いしようかと思ったの」

「なるほど。ドレスはどうするんですか？」

「一着にした。ヘアメイクさんに相談したら『ヘアアレンジで雰囲気を変えられますよ』って提案されたの。その代わり、料理のランクは上げたわ」

お色直しにこだわっていた彼女がドレスを諦めたことを意外に思っていたら、舞華さんが微笑んだ。

「彼ね、早く家を買いたかったんだって。だから、結婚式の費用を抑えようとしていたんだって」

「えぇーっ、そうだったんですか！」

大きな話になったと思って、裕哉さんに目を向けたら、裕哉さんは照れくさそうに頬をかいた。

「私があまりにも結婚式にこだわっているから、言い出せなかったんだって。それに、私、自分で言うのもなんだけど気が強いし、反対されるのが怖かったって……。ひどいわよね」

肩をすくめた舞華さんに、裕哉さんが「ごめん」と謝っている。

「もっと二人で話し合えば良かった。結婚式のことも、生活習慣のことも。あのね、彼のチャーハン美味しいのよ。今度、新しく食洗機も買うの」

　ふふっと笑った舞華さんは嬉しそうだった。もしかすると、食事当番なども話し合って決めたのかもしれない。よく見ると、彼女の指から、ジェルネイルが消えていた。きっと、お互いの価値観の違いもすりあわせて、落とし所を見つけたのだろう。

「そうなんですね。機械がやってくれるなら、楽ですね」

　会話が途切れたところで、私はショーケースからコロンビエを取り出し、皿に載せた。二人の前に置くと、

「わあ、可愛いお菓子！　鳩が載ってる」

　舞華さんが両手を合わせて弾んだ声をあげた。

「コロンビエっていうフランスのお菓子です。ええと、ジプティスっていう王女様の婚礼の祝宴が行われる日に、プロティスっていう若者が異国から船に乗ってやってきて、ジプティスは、たくさんいる結婚希望者の中から、結婚相手にプロティスを選ぶんです。出会ったその日にジプティスとプロティスが結ばれて結婚した、っていう物語にちなんで、二十世紀の初め頃に作られたお菓子がコロンビエ――でしたよね？　この二人がマルセイユを作ったっていう伝説があるんでしたっけ」

オーナーに確認をすると、オーナーは、にこりと笑って、

「そうです。愛のお菓子なのですよ」

と、付け足した。

「素敵！　ねえ、プチギフト、このお菓子にしない？」

舞華さんが裕哉さんを振り向いて提案すると、裕哉さんは微笑んで頷いた。

「愛のお菓子かぁ。へえ～」

隣で話を聞いていた未希ちゃんが、

「オーナーの作るお菓子って、色んな由来があって面白い。それにどれも美味しいし」

と感心したので、その場にいた皆が「うんうん」と同意した。オーナーは皆の顔を見回すと、「光栄です」と微笑んで胸に手を当て、優雅にお辞儀をした。

第四章　ティラミスと思い出の人

十一月も中旬を過ぎると、駅ビルや百貨店に、クリスマスの装飾が施され始めた。『ティーサロン Leaf』のショーウィンドウもクリスマス仕様に変わり、サンタの服を着たテディベアや、雪だるまの形をしたテディベアが飾られている。

(雪だるまの形のテディベアって面白いよね)

体が丸く、頭はクマという一風変わったテディベアを横目で見ながら『ティーサロン Leaf』に入る。

「おはようございます!」

元気良く挨拶をすると、

「おはようございます。明理さん」

厨房にいるオーナーがこちらを向いて、挨拶を返してくれた。

最近のオーナーはクリスマスを意識してか、グリーンを基調にしたタータンチェックのパンツに、赤いベストを着ている。クリスマスが間近になると、サンタの帽子を被ると言っていたので、早くその姿も見てみたい。きっと、悶えてしまうほど可愛いだろう。

店内をぐるりと見回すと、二人掛けのテーブル席を四人掛けにして、慎さんと三十代半ばぐらいの男性が座っていた。何やら話し込んでいる様子だ。テーブルの上に、女物とおぼしきコートが載せられていた。

「慎さんにお客様ですか？」

オーナーに問いかけると、

「テディベアをオーダーしたいというお客様が来られています」

オーナーは、ちらりと二人に目を向け、教えてくれた。

「ティーポットに差し湯でもしに行ったほうがいいですか？」

「そうですね。そろそろ、一杯目を飲み終わっておられる頃かもしれません」

私の言葉を聞いて、オーナーが、差し湯用のポットを棚から取り出した。

スタッフルームにコートとバッグを置き、エプロンを身に着けて出てくると、ポットには既にお湯が入れられていた。それを持って、慎さんとお客様のいるテーブルへと向かう。

「失礼します」

軽く声をかけ、話をしている二人の邪魔にならないように、テーブルの上のティーポットの蓋を開けたら、私が差し湯をしようとしていることに気が付いたのか、男性が、

「ああ、構いませんよ。もうお暇しますから」

手でポットの口を押さえた。

「そうなんですか？」

「はい。市来さんにお願い事は終わりましたから。それでは市来さん、よろしくお願いします」

「はい。承りました」

男性が立ち上がって会釈をし、レジへと向かう。その後を追いかけようとしたら、先にオーナーが動き、レジへ近づいていった。

（オーナーにお任せしておいたらいいかな。私は食器を片付けよう）

ティーカップを手に取ろうと、改めてテーブルに目を向ける。そこに広げられていたコートが自然と目に入り、

「もしかして、今の男性のオーダーって、このコートでテディベアを作ってくださいとか、そういう内容なんですか？」

と、慎さんに聞いてみた。コートはキャメル色で、裏地がチェック柄になっている。

「うん。これ、病気で亡くなった奥さんが愛用していたコートらしい」

丁寧にコートを畳みながら教えてくれた慎さんの答えに、私は息を呑んだ。

「えっ……亡くなった奥さんの？」

先ほどの男性は若かった。ということは、彼の妻もきっと若かっただろう。

「子供たちへのクリスマスプレゼントに、このコートでテディベアを二体、作ってほしいと頼まれた」

「そう……なんですね」

つらい話に、胸が痛くなる。

慎さんは無表情だったが、男性の妻の死を悼んでいるような雰囲気を感じた。

お互いに黙り込んでしまったので、私は気を取り直すと、

「洋服でテディベアを作るのって、難しくないんですか？」

と、聞いてみた。いつもはモヘアを使っているので、こういう素材でテディベアを制作するのは、やりにくくないのだろうか。

「別に。服地を使ったオーダーは、時々受けるから。おばあさんの形見の着物で作ってほしいとか、赤ちゃんのロンパースで作ってほしいとか」

慎さんから返ってきた答えは、さすがプロだ。

慎さんはコートを取り上げると立ち上がった。そのまま、工房へと向かっていく。

納期が短いようなので、早速制作に取りかかるのかもしれない。

慎さんが工房の中へ入ると、私はティーカップを手に取り、厨房へと戻った。

男性客を見送ったオーナーも厨房の中に戻っている。流しにティーカップを入れながら、私はオーナーに話しかけた。

「さっきのお客さん、病気で亡くなった奥さんのコートでテディベアを作ってほしいって、慎さんに依頼したみたいですよ」

「病気で……。それはつらい話ですね」

「そうですよね……。お子さんがいるみたいです。お母さんが亡くなってしまったなんて、きっと寂しいですよね」

「残されたほうは、やるせない気持ちでしょう」

どこか遠い目をして、オーナーがつぶやく。

「オーナー？」

もしかしてオーナーも誰かとつらい別れをしたのだろうかと心配になり、私はそっとオーナーを呼んだ。するとオーナーはすぐに柔らかな表情に戻り、

「ああ、なんでもありませんよ」

と、微笑んだ。

その時、カランとドアベルが鳴った。振り向くと、老齢の夫婦が店内へと入ってきたところだった。岸本さんとご主人だ。

「いらっしゃいませ」

オーナーの様子が気になったものの、私は会話を切り上げると、メニューを手に、岸本夫妻のもとへと向かった。

その日の夜、パジャマ姿でスマホをいじっていると、久しぶりに翠からメッセージが届いた。「年末年始は家に帰ってくるの?」という内容だ。

(年末年始かぁ……)

正直、帰りたくない。帰ったら、両親や翠に、就職活動をやめたことを、あれこれと説教されると思うから。

(いや、もうそろそろ十二月だし、さすがに何も言ってこないかな……)

諦めて呆れられているのも、それはそれで癪ではある。

私は少し考えた後、

『バイトがあるから帰らない』

と、送った。

『まだバイト続けてるんだ』

翠からの返信に若干むっとして、

『続けてるよ』

と、短く返す。その後は、『頑張って』というスタンプが送られてきただけで、会話はあっさりと終わった。

　私はベッドの上の充電コードにスマホを繋げると、ごろんと横になった。お気に入りのクマのぬいぐるみを手に取り、

「私、逃げてると思う？」

　と、問いかける。

　本当のことをいえば、頭の中では、自分はイヤなことから逃げているのではないかという考えが引っかかっていた。内定が出ていて余裕綽々の女友達は、卒業旅行の計画を立てている。私も誘われたが、比べられるのがイヤで断った。

（だって、アルバイトがあるから行けないもん）

　心の中で言い訳をして、私はクマのぬいぐるみを抱きしめた。

（……いっそ、慎さんに弟子入りして、テディベア作家を目指そうかな）

　枕元のぬいぐるみたちの中に、慎さんに教えてもらいながら制作した私のテディベアも置かれている。テディベア作りは大変だったが、楽しかった。あれ以来、作ってはいないけれど……。

　ふと、昼間、慎さんに、亡くなった妻のコートでテディベアを作ってほしいと頼みにきた男性のことを思い出した。それから、以前、オーナーが言っていた「慎さんは、自分の作ったテディベアで誰かが喜んでくれることが嬉しいのだと思います」と

いう言葉も。

　愛妻のコートを使って作られたテディベアを見た時、あの男性は一体どんな顔をするのだろう。

（きっと嬉しいよね……）

「慎さんの仕事は素敵だな……。私も、そんな風に、素敵な仕事を見つけられたらいいのに……」

『ティーサロン Leaf』で働きたいという気持ちは言い訳で、本当は自分が何をしたいのかわからないのだ。

　考え込んでいるとイヤになってきて、私は溜め息をつくと、クマのぬいぐるみを傍らに置き、掛け布団の中に潜り込んで、部屋の電気を消した。

＊

　十二月に入った最初の土曜日。コートを使ったテディベアをオーダーした男性が、再び『ティーサロン Leaf』に来店した。今日はテーブル席とソファー席が満席だったので、カウンター席へ案内する。ダージリンティーの注文を受けている間に、慎さんが紙袋を手に工房から出てきて、

「こんにちは」

と、男性に声をかけた。

「こんにちは。市来さん」

「ご注文を受けていた子、完成していますよ」

慎さんもカウンター席へ座ると、早速、手にしていた紙袋からテディベアを二体取り出し、男性へと差し出した。

「わあ、すごい！」

私は、男性より先に感嘆の声をあげてしまった。三十五センチほどの大きさのテディベアは、確かにコートの素材でできていて、足の裏はチェックの裏地が使われている。

男性も目を見開き、

「これは……とても可愛いですね」

と、笑顔を浮かべた。

「一から作られたものですよね？」

「はい。僕のオリジナルです」

「これなら子供たちもきっと喜んでくれます」

私は、このテディベアをクリスマスの朝に受け取る子供たちのことを考えた。朝、起きて、サンタクロースからの素敵なプレゼントに気付いた子供たちは、どんな顔をするのだろう。

「通販サイトであなたを知って、思いきって、お願いをして良かった。失礼ながら、実は、大切な妻のコートを預けることが不安だったのです。もし、思うようなものができなかったら、と。完璧です。本当に、ありがとうございました」

深々と頭を下げた後、顔を上げた男性の目には、うっすらと涙が浮かんでいた。

「喜んでいただけて何よりです」

慎さんが、ふわりと微笑んだ。その顔は、仕事をやり遂げ、お客様に喜んでもらえたことに満足している職人の顔だった。

「こちらは余った布になります」

差し出された紙袋を受け取った後、男性はバッグの中から白い封筒を取り出した。

「テディベアの代金です」

慎さんは封筒を手に取ると、「失礼します」と言って中身を確認し、

「確かに頂戴しました。ありがとうございます」

と、頭を下げた。

男性はダージリンの紅茶を飲んだ後、何度もお辞儀をして、店を出ていった。

「あの方、すごく喜んでいましたね。良かったですね。そういえば、通販サイトがど

うのとおっしゃっていましたけど、確か慎さん、テディベアを販売する通販サイトを作っているんでしたっけ」

以前、オーナーが話していたことを思い出し、慎さんに問いかけると、

「うん。自サイトではなくて、ハンドメイドマーケットプレイスのサイトを利用しているんだけどね」

と、教えてくれた。

「ハンドメイドマーケットプレイス？」

聞いたことのない言葉に首を傾げる。

「個人で自由に、ハンドメイド作品を販売したり購入したりできる、ネットサービスのこと。ハンドメイド作家を応援している企業が運営していて、簡単に作品登録ができて、金銭のやりとりも行ってくれるから、作家もお客さんも安心で便利なサービスだよ」

「へえ〜。そんなサービスがあるんですね。なんていうサイトなんですか？」

「何社かあるけど、僕が使っているのは『Hand and Hand』っていうサイトだね。通称『H&H』って略されてる」

「『H&H』か。調べてみようっと」

「アクセサリーとか、お菓子とかも売っているから、見ると楽しいと思うよ」

慎さんはわずかに唇を上げた。ハンドメイドとテディベアに関する話題だと、慎さんは嬉しそうだ。最近、私は、表情が乏しい慎さんの感情に、気付けるようになっていた。

「ああ、そうだ。もし興味があるなら、今週の日曜日にイベントが開催されるから、見に来る?」

「イベント?」

「『H&H』主催の、ハンドメイドイベント。春と冬、年に二回開催されるんだ」

「慎さん、それに出るんですか?」

「うん。たくさんの作家が出展するよ。アクセサリー作家もそうだし、木工、革製品、ガラス、布小物……」

「行きたいです!」

私は慎さんの言葉が終わる前に勢い込んで頷いた。

(ハンドメイドのイベントって行ったことがないから、どんなものか興味がある!)

「それなら、招待券をあげるよ。ちょっと待ってて」

慎さんはそう言うと立ち上がり、工房へと入っていった。

「ハンドメイドイベントってどんな感じなんだろう。オーナーは行ったことがありますか?」

先ほどの男性が使っていたティーカップを流しに入れているオーナーを振り向く。

「一度だけ。とても楽しかったですよ。ただ……」

「何かあったんですか？」

小首を傾げたら、オーナーは苦笑した。

「私が会場を回っていると、人が集まってきてしまって。写真撮影大会になってしまったんです」

「ああ……」

すぐに理由を察して、私も苦笑をした。

（きぐるみだと思われたんだろうな。イベントのマスコットだと勘違いされたのかも）

きっとそうに違いない。

「オーナーと一緒に行けたらいいなって思ったんですけど……」

期待を込めた視線を向けたが、オーナーに、

「今回は遠慮をしておきます。明理さんにご迷惑をかけてしまいそうです」

と、断られてしまった。

慎さんから『H&H』の話を聞き、その日の夜、私は早速、どんなサイトなのか検

索をしてみた。すぐにヒットして、名前をタップすると、商品の写真が並んだホームページが現れた。

(普通の通販サイトみたい)

トップページに載っているのは、運営のお勧め作品や、投稿したての新着作品などのようだ。慎さんの言っていたとおり、アクセサリーや、布小物、バッグ、お菓子と、種類は多岐にわたっている。

詳細な商品検索ができるようだったので、試しに、スマホケースを検索してみると、ずらっとスマホケースの写真が出てきた。

「わあ、いっぱいある!」

本革製や、凝った刺繍が施されたもの、可愛いイラストがプリントされたもの、ちまたでは売っていないような、おしゃれな商品が多い。値段も手頃なものから、高いものまで様々だ。

(可愛いなぁ。私のスマホケース、ボロボロになってきているから、買ってみようかな……)

動物イラストがプリントされたスマホケースの写真をタップしてみると、複数枚の商品写真や、詳細な商品説明が出てきた。写真は、個人で撮影されたものとは思えない上手さだ。そういえば、慎さんも写真を撮るのが上手だったと思い出す。

（通販って写真を見て判断するし、写真の上手さって重要なのかも……）

商品説明も詳しくて感心した。素敵な作品を作っていても、写真や文章で魅力が伝えられないと、通販サイトでは売れないのかもしれない。

私は、サイト内を移動して、様々なスマホケースを見比べた後、星座柄の刺繍が入ったスマホケースを購入した。購入方法は、普通の通販サイトとなんら変わらない。カードも使えて便利だった。

「ふふっ。買っちゃった」

満足していると、すぐに、

『このたびはご購入ありがとうございます。こちらの作品は受注生産になりますので、発送まで一週間ほどお待ちください』

と、メッセージが届いて驚いた。どうやら、作家本人から、購入のお礼と、発送についての連絡などがくるようだ。

「すごく丁寧……」

普通の通販サイトでは味わえない、人と人とのやりとりを感じ、私はあたたかな気持ちになった。それにしても、制作、販売、連絡、発送を行う作家は大変だ。そのことに感心しながら、私は『楽しみにお待ちしています』と、返信した。

買い物を終えてサイトを閉じようとした時、ふと、目に付いたバナーがあった。

「採用情報……?」

思わずタップし、開いてみる。すると、

「『契約社員募集。未経験者歓迎。私たちと一緒に、ハンドメイド作家を応援しませんか』……あっ、この会社って、本社が大阪なんだ」

『H&H』の運営会社の求人だった。給与などの詳しい内容は書かれていないが、問い合わせフォームが載せられている。

「へえ……。どんな仕事をするんだろう」

興味を引かれ、隅々まで読んでみる。

(ハンドメイド作家を応援する会社か……)

なんとなくその仕事のことが気になりながらインターネットを閉じ、スマホを置いた。

*

慎さんがハンドメイドイベントに参加するという日は、スカッとした冬晴れだった。空気は乾燥しているが、気温はそれほど低くはない。

イベントは、街の中心地から離れた海辺の人工島・咲洲《さきしま》にある『インテックス大阪』で開催されるとのことで、私はわくわくしながら、地下鉄とニュートラムを乗り継ぎ、会場へと向かった。

　途中の駅から、乗客がだんだん増えてくる。もしかして、イベントに行く人だろうかと予想をしていたら、やはり、大多数の人が私と同じ駅で降車した。

（ええと、『インテックス大阪』はどっちだろう）

　スマホで地図を確認して……などと考えていたが、その必要はなかった。私と一緒にニュートラムを降りた人たちが一定方向へと歩いていく。

（会場は多分、あっちだ）

　私は皆の後についていくことにした。

「おお、大きい」

　すぐに見えてきた『インテックス大阪』は見るからに広そうな建物だった。今回のようなイベントだけでなく、様々な業界の展示会、試験などにも使用されるらしい。

　建物に吸い込まれていく人たちの後について、私も中へと入る。すると『Hand and Hand Market』と書かれたポスターが掲示されていて、イベントが開かれている会場は三階の六号館だと記されていた。エスカレーターを探しだし、上へと向かう。

「あ、ここだ」

『Hand and Hand Market』の看板が出ている入口で、スタッフにチケットを渡し、会場内へと入った瞬間、私は目を丸くした。

「うわぁ、すごい人！」

一目では見渡せないほどの広さの会場に、数え切れない出展者と客が集まっている。出展者は、長テーブルや什器で店を作り、作品を陳列して販売しているようだ。まるで縁日のような賑わい——というよりも、小さな雑貨屋の集合体といったほうが合うだろうか。

(行ったことないけど、海外の蚤の市ってこんな感じなのかな)

私はわくわくしながら会場を回り始めた。

(あっちはバッグのお店、こっちはステンドグラスのお店だ……)

カラフルなガラスがはめ込まれた壁掛けや時計などの作品を見て、こんなものまで手作りできるのかと驚いた。

隣はイラストレーターの店だった。パネルに原画が掛けられている。色鮮やかで、どこかタペストリーを思わせるような植物の背景に、キツネの頭を被った異国の美少年が描かれていた。

「綺麗……」

立ち止まり、見とれていると、店主とおぼしき若い女性が声をかけてきた。

「こんにちは。ゆっくり見ていってくださいね」

長い黒髪をお姫様カットにしていて、絵の雰囲気に合うようなゴブラン織りのワンピースを着ている。

「その絵、原画ですよね。色がすごく綺麗です。どうして、男の子がキツネを被っているんですか？」

不思議に思って尋ねると、

「私、動物が好きなんです。人体も好き。動物のことを愛している、動物と人間の間みたいな生きものを描きたかったけれど、獣人みたいな絵は描きたくなくて。美しい人体や、纏う服も描きたかったから、突き詰めたら、こういう絵になりました」

と、絵に込められた想いを教えてくれた。

パネルの前のテーブルには、イラストがプリントされたスマホケースや、ポストカード、便せんなどが陳列されている。少年や少女、どの絵も、ウサギや、オオカミなど、頭になんらかの動物を被っている。その中に絵本を見つけ、私は見本を手に取った。

「自分で、一冊一冊、製本したんですよ。大変でした」

「大変だった」と言いつつも、女性の表情は楽しそうだ。

絵本は布張りで、しっかりとした作りだ。中は印刷だが、表紙は原画なのか、触ると絵の具の跡が感じられた。

「表紙の植物や、物語の絵の描き込みがすごいですね」

「ありがとうございます」

買おうかと思って値段を見たら、思っていたよりも高かった。まだ会場に入ったばかりなので、

「少し考えます」

と、絵本をもとの場所に戻した。

「一生懸命、説明をしてくれたから、何も買わなくて申し訳なかったかな」と思いながら、イラストレーターの店を離れる。

一列分のブースを見終わり、次の列に入ると、今度はアクセサリーの店が目に付いた。

店は、敷布も作品も、青系で統一されている。引き寄せられるように近づき、作品を見てみると、雫のようなパーツがぶら下がった、ピアスやイヤリング、ネックレスなどが販売されていた。

「透明だから……ガラスかな?」

私のつぶやきが聞こえたのか、何か作業をしていたボブヘアの女性が顔を上げた。童顔で年齢不詳だ。意外と年上なのかもしれない。

「それ、レジンです」

「レジン？」

「樹脂ですね。ハンドメイドアクセサリーに使われているものには、二液を混ぜたら化学反応で固まるエポキシレジンや、紫外線で固まるＵＶレジンなどがありますよ。透明感があって、綺麗なんです」

「へえ〜」

私はイヤリングを手に取った。女性がすかさず鏡を掲げてくれる。ガラスより軽い。雫の色はグラデーションになっていて、日没後、藍色に染まっていく夜空のようだった。耳元に当ててみると、キラリと光って、存在感があった。

「私、もの作りが大好きなんですよね。天職に違いないと気がついて、何を作ろうかと考えた時に、レジン作品に出会いました。素敵だなって思って、私もやってみたいと思ったんですよね。私の好きなものってなんだろうって考えたら、キラキラしたものや、青が好きだってことに気がついて。こういうアクセサリーが欲しいなって思って、作っちゃいました」

（欲しいから作っちゃいました……って、すごすぎる）

さらりと言った彼女に尊敬のまなざしを向ける。美しい青に魅せられて、「一つください」と、差し出した。

「ありがとうございます。イヤリングでいいですか？　ピアスパーツにも変更できますけど」

女性の手元には、ペンチと、ピアスパーツの入ったプラスチックケースが置かれていた。どうやら、先ほどまで、パーツを変える作業をしていたようだ。

(パーツ変更のオーダーができるのも、ハンドメイドのいいところなのかもしれない)

「ピアスホールを開けていないので、イヤリングでいいです」

そのままの状態で購入し、私は「ありがとうございます」とお礼を言って、アクセサリーの店を離れた。

(そういえば、慎さん、どこにいるんだろう)

きょろきょろと探しながら、列を進んでいくと、

「あ、慎さんだ!」

ようやく慎さんの姿を見つけた。

「慎さーん!」

手を振りながら近づくと、私の姿に気が付いたのか、慎さんがこちらを向いた。

「やっと見つけました。お店が多いから、どこにいるのかわからなくて」

「瀬尾さん、来てくれたんだ。ありがとう」

慎さんが、にこりと笑顔を浮かべる。今日の慎さんは、愛想のいいほうの慎さんの

ようだ。

「テディベア、いっぱいいますね」

長テーブルの上に並べられているテディベアは、ざっと見て、大小合わせ、三十体ほどいるようだ。

「いつの間にこんなに作っていたんですか？」

「半年ぐらい、イベント用にちょこちょこ作って、溜めていたんだよ」

慎さんが真剣な表情で作業をしている様子を思い出した。イベントの準備だけでなく、テディベア教室で講習を行い、オーダーや通販もこなしているのだから、大変だったに違いない。

そう言うと、慎さんは、

「大変といっても、僕の仕事だからね」

と、なんでもないことのように微笑んだ。

「イベント、どう？　楽しい？」

「はい！　色んな作品があって楽しいです。何人かの作家さんとお話をしたんですけど、皆さん、こだわりを持って作っておられて、すごいなって思いました」

「制作が大変でも、結局、作家って、作るのが好きなんだよ」

慎さんの言葉は、作家仲間への尊敬の念がこめられている。

（作るのが好き……か）

そんな風に物作りに情熱を注げるのは、素敵だ。

（私も、テディベア作りを極めてみようかな――なんて、もし私が極めるとしたら、すごく時間がかかりそう……）

なにせ、慎さんは作家歴二十年以上のベテランだ。私がこの域まで達するのは、何年かかるかわからない。

（でも、この会場の熱気のある雰囲気、好きだなぁ）

自信を持って、自分の作品を販売している作家たちが輝いて見える。私に、何か一つでも自信の持てるものがあるだろうか。

（ない……よね）

平凡な人生を歩んできた平凡な大学生。内定をもらった友達みたいに、ボランティア経験もなければ、留学経験もない。

自信もなく、自分がしたいことすら見つけられない。

自分のことを考えて、ひっそりと落ち込んでいると、

「どうかした？　瀬尾さん」

慎さんに顔を覗き込まれた。

端正な顔が間近に見えて、心臓が跳ねた。私は慌てて体を引くと、両手を横に振っ

た。

「なんでもないですよ！　この会場の雰囲気、好きだなと思っていたんです。ものを作れるって素敵ですね」

感じたことをそのまま口にしたら、

「じゃあ、瀬尾さんも何か作ってみたら？　それで、イベントに参加したらどう？」

と、勧められた。

「いやいや、無理ですって」

簡単に言ってくれるものだ。

そんな話をしていたら、慎さんの店に客がやってきた。

「市来さん、こんにちは！　前回のイベント以来ですね」

ロングヘアの巻き髪を肩から前に垂らし、襟元にファーの付いたピンク色のコートを着た女性が、親しげに慎さんに手を振った。綺麗な人だ。

「沙織《さおり》さん。今回も来てくださったんですか」

「当たり前ですよぅ。市来さんのテディベアのファンですもん」

沙織さんという女性は、しなをつくりながら、ふふふと笑う。

「今日はどの子を連れて帰ろうかな？　あ、この子とこの子、可愛い」

テーブルの上のテディベアを両手に取り、見比べている。

（誰だろう、この人……）

慎さんに対して馴れ馴れしい様子の沙織さんを見て、胸の奥がチクッとした。

沙織さんを気にしている私に気が付いたのか、慎さんが私の耳元に口を寄せると、

「常連のお客さん。いつもイベントに来てくれるんだ」

と、囁いた。

「そう……なんですね」

ふと、沙織さんの目当てはテディベアだけではないのではないかと思った。

「市来さん、今もテディベア教室、開催してるんですか？　私、家が近かったら、通うのになぁ」

「沙織さんは他県ですもんね。今日も新幹線で？」

「そう。始発で来たの」

笑顔で話す慎さんを見て、私はそっと二人のそばを離れた。

（お客さんなんだし、邪魔をしないほうがいいよね……）

そうは思えど、胸の中にもやもやしたものが広がる。

（慎さん、楽しそうだった。お客さんが来ると、そりゃ嬉しいよね）

イベント会場にいるから、慎さんは楽しそうなのだ。沙織さんはお客様だから、愛想良くしているのだ。きっと、そう。

私は頭を軽く振ると、慎さんたちのことは忘れて、引き続き、イベントを楽しむことにした。まだ半分ほどしか会場を見ていない。

その後、私は、ゆっくりと会場を回り、始めのほうに見た、イラストレーターの店へと戻った。やはり、絵本が欲しくなったのだ。

（原画が表紙なんだもの。世界に一つだけしかない作品だもんね。買わなかったら後悔しそう）

私が戻ると女性作家は喜んでくれて、再び会話に花を咲かせた後、絵本とポストカードを数枚買って、店を離れた。

「さて、そろそろ帰りますか」

出口へと向かいながら、手に入れた作品のことを思い、笑みが漏れる。私は最終的に、絵本とポストカード、レジンのイヤリングの他に、天然石のブレスレットや、羊毛フェルトのマスコット、個性的なデザインのTシャツなども購入し、結構、お金を使っていた。

（ちょっと散財しすぎたかな）

けれど、いいものを買えたという満足感でいっぱいだ。

（イベントに参加かぁ……）

出口付近で、私は会場を振り返った。熱気に溢れたイベント会場を去ることが名残惜しい。

「じゃあ、瀬尾さんも何か作ってみたら？　それで、イベントに参加したらどう？」

慎さんの言葉を思い出し、私は苦笑した。

（慎さん、無茶言うよね）

この会場の雰囲気は好きだ。慎さんのように、この雰囲気を作り出す作家の一人になれたら、きっと楽しいと思う。けれど、私に「もの作り」は無理だ。プロにはなれない。来場客としてしか、参加できそうにない。

（また、来たいな……）

そう考えながら、出口をくぐろうとしたら、

「ありがとうございました！」

と、声をかけられた。見ると、首からスタッフ証を下げた女性が、私にお辞儀をしていた。顔を上げた彼女は笑顔だ。

（もしかして、あの人、『Hand and Hand』のスタッフさん？）

会釈をし、会場を出て、エスカレーターの前まで行き、私は、ぴたりと足を止めた。

「そうだ、スタッフになれば、関係者としてイベントに参加できるんだ……」

（会場の熱気を作り出す側の人間になれる。慎さんと同じ世界に入れる）

『H&H』のホームページで見た求人を思い出し、心が惹かれた。

帰りの地下鉄の中、私はスマホを握り、『H&H』のホームページを見つめていた。

（中途採用か……）

まだ十二月。卒業までには、あと数ヶ月ある。この求人がいくら未経験者歓迎とはいえ、卒業もしていない社会人経験のない大学生を、採用してもらえるとは思えない。

私は、先日、目を通した採用情報を、もう一度じっくりと読んだ後、溜め息をついて、インターネットを閉じた。

＊

「明理さん。最近、何か悩んでおられますか？」

オーナーに尋ねられたのは、イベントに行った数日後のこと。

「えっ？」

思いがけないことを言われて驚き、私はティーカップを洗っていた手を止めた。

「そう見えますか？」

「はい、少し。時々、ぼんやりしていらっしゃるので」

　自分はオーナーに心配されるほど、ぼんやりしていたのだろうか。自覚がなかった。

「すみません」

「いいえ。別に、仕事に支障があったわけではないですよ」

　謝罪をすると、オーナーは慌てた様子で両手を振った。もふもふの手をぱたぱたと動かす様子が可愛くて、思わず和む。

「ハンドメイドイベントに行ったあたりから、元気がないように見えますよ」

　オーナーに指摘されて、ドキッとした。私はあの日から、『Hand and Hand』の会社の求人が、頭から離れなくなっていた。

「実は……」とオーナーに打ち明けると、オーナーは「ふむ」と言って、顎に手を当てた。

「明理さんは、その会社が気になっているのですね」

「色んな会社の新卒採用試験を受けましたけど、正直に言って、ここまで気になった会社はありませんでした」

　はぁ、と溜め息をついたら、オーナーは、

「では、応募をしてみたらいかがですか？」

と、軽い調子で言った。驚いて、オーナーの顔を見返す。

「いや、無理ですって！　私、まだ在学中だし、社会人経験もないし……」

「わかりませんよ。未経験者歓迎なのでしょう？　試しに応募してみるのも手だと思いますが」

オーナーに再び勧められて、困惑した。

就職活動をしていた夏頃のことを思い出す。何通も届く「不採用」のメール。そのたびに、存在を否定されているような、情けない気持ちになった。

（私には、今、社会人としての能力がない。応募をしても、どうせまた不採用になる）

片思いの会社にフラれたら、今度こそ、立ち直れないような気がした。

「無理ですよ。不採用になったら、落ち込んじゃいます」

苦笑したら、オーナーは「そうですか」と微笑んだ。その顔は優しかったが、なんとなくオーナーの期待を裏切ったような気がして、後ろめたい。

オーナーと私の間に沈黙が落ちた。居心地の悪い思いで、何か他の話題はないかと探していると、工房から慎さんが出てきた。カウンターへやって来て、椅子に座る。

「オーナー、紅茶と、何かつまめるものをくれませんか」

「休憩ですか？」

「はい」

オーナーに問われて頷いた後、慎さんは、ふぅと息を吐いて、軽く肩を回した。どうやら疲れているようだ。

「忙しいんですか？」

慎さんは午前中からずっと工房にこもっている。昼食にも出てこなかったので、たいした集中力だと感心していたのだ。

「通販のオーダーが詰まってるんだ。クリスマスが近いから、プレゼント需要が多くて。納期も短いし」

「なるほど」

十二月はかき入れ時なのかもしれない。

オーナーが、アフタヌーンティーの茶葉で紅茶を入れた後、サンドイッチを作り始めた。それを横目で見ながら、慎さんに話しかける。

「クリスマスのオーダーって、やっぱり、お子さん向けが多いんですか？」

「いや、どうだろう……。お客さんの事情が全てわかるわけじゃないから」

「でも『H&H』って、作家とお客さんが直接やりとりしますよね」

「もしかして、瀬尾さん、『H&H』で買い物をした？」

「はい」

私はにっこりと笑顔を浮かべると、スカートのポケットからスマホを取り出した。

「じゃーん。このスマホケースを買いました！」

星座柄のスマホケースを見せたら、慎さんは驚いた顔をした。

「ああ、それ、『宇宙物語』さんのやつだ」

「慎さん、この作家さん、知ってるんですか？」

「前に『H＆H』のイベントで、ブースが隣同士になった。四十代ぐらいの女性で、いい人だったな」

「隣同士に！」

「毎回、出展していると、顔なじみの人もできるんだよ」

「へえ〜。それは楽しいですね」

他愛ない話をしている間に、オーナーがサンドイッチを作り終え、慎さんの前へ出した。慎さんが「ありがとうございます。いただきます」と言って、パンにかじり付く。

「『宇宙物語』さんって、『宇宙物語』っていうブランド名を付けるぐらいだから、宇宙が好きな人なんですかね」

スマホケースを眺めて考えていると、慎さんは「そうみたいだね」と頷いた。

「星が好きだって言ってた。中崎町に『ストロベリージャム』っていうハンドメイドショップがあるんだけど、そこに作品を委託していて、『コズミッククラブ展』っていう、星や宇宙をテーマにした企画展に、毎回参加しているらしいね」

「ハンドメイドショップ？　企画展？」

「ハンドメイド作品を取り扱う……雑貨屋って言ったらいいのかな。『ストロベリージャム』は十年以上前から中崎町にある店で、定期的に色んな店内企画展を開催しているんだ。『コズミッククラブ展』っていうのは、ハンドメイド好きに人気の有名企画展なんだよ」

　ハンドメイド界隈の知らない話が興味深い。

「色々あるんですね」

「この近くだから、今度、行ってみたらいいよ。おもちゃ箱みたいな、小さくて可愛い店だよ。瀬尾さん、ハンドメイドに興味を持ったの？」

　紅茶を飲みながら、慎さんが尋ねてきたので、

「はい。このあいだ『H&H』のイベントに行ってから、興味が出てきて。にわかですけど」

　と、照れくさい気持ちで答える。すると、慎さんは、嬉しそうな顔をした。

「そうなんだ」

「ハンドメイドっていいですよね。作品一つ一つに心がこもっているっていうか……。慎さんも、手作りのテディベアで、お客さんに喜んでほしくて作家になったん

でしょう？　素敵だと思います」

　私が尊敬のまなざしで慎さんを見ると、慎さんは、驚いた表情で息を呑んだ。意外なことを言われたという顔が、次第に曇り、俯いてしまう。

「慎さん？」

「……僕は、そんな立派な理由でテディベア作家になったわけじゃないよ」

「……？」

　ぽつりとつぶやかれた言葉の意味がわからず、戸惑う。私は何かまずいことを言ってしまっただろうか。

　慎さんは、ささっとサンドイッチを食べ終えると、

「ごちそうさま。オーナー、代金は付けておいてください」

オーナーに会釈をして、椅子から立ち上がった。それ以上、何も言わずに、工房へと戻っていく。その背中を見送った後、私は困惑したまま、

「オーナー、私、何か悪いことを言っちゃったでしょうか」

と、オーナーに顔を向けた。

「いえ。別に明理さんは悪くないですよ。ただ……慎さんは、思い出してしまっただけでしょう」

　私と同じように慎さんの背中を見つめていたオーナーが、私に視線を移すと、安心

させるように微笑んだ。

「思い出したって、何をですか？」

オーナーが軽く息を吐く。

「……慎さんには、幼なじみがいたのです。見谷穂花《みたにほのか》さんといいました。穂花さんはとてもぬいぐるみが好きで、慎さんは、小さい頃から、彼女のために、テディベアを作っていたのです」

オーナーの言葉が過去形なのが引っかかり、私はイヤな予感を抱いた。

「穂花さんは高校生の時に亡くなっているのです。病弱な方だったそうで」

「えっ……」

私は、ふと、慎さんが大切にしているというテディベアのことを思い出した。友達からもらったというメリーソートのテディベア。あれを慎さんに渡した友達は、穂花さんだったのではないだろうか。

「慎さんのメリーソートのベアって……」

私の考えを読んだのか、オーナーが悼むような表情を浮かべる。

「あのテディベアは、穂花さんの形見だそうです。『いつももらってばかりだから』と、彼女が慎さんにプレゼントしたものだと聞きました」

「慎さんは、今も、穂花さんのために、テディベアを作っているんでしょうか……？」

　私は「そんな立派な理由でテディベア作家になったわけじゃない」と言った慎さんの真意を考えた。慎さんが、心を込めて作ったテディベアを本当に贈りたい相手は、穂花さんなのかもしれないと思い、胸が痛くなる。

「そうかもしれません。彼女の遺言は『私がいなくなっても、ずっと作り続けてね』だったそうです」

「オーナーはそのことを知っていたんですか？」

　慎さんの事情に詳しいオーナーを不思議に思い、首を傾げると、オーナーは、

「──私を作ったのが慎さんなんですよ」

　衝撃の事実を口にした。

「え、ええっ？」

　目の前のオーナーをまじまじと見つめる。オーナーは驚いている私を見て面白そうに笑った後、表情を改め、

「穂花さんが亡くなって打ちひしがれていた慎さんは、彼女の言葉通り、無心にテディベアを作り続けました。制作に打ち込んでいないと、心が潰れてしまいそうだったのでしょう。魂を込めて作って作って……そうして、私が生まれたのです」

と、自身が生まれたいきさつを教えてくれた。

（その後、どうやってオーナーは喫茶店のオーナーになったんだろう）

不思議で仕方がない。

「それから色々ありまして、慎さんは工房を立ち上げ、私はこのティーサロンを営むようになったというわけです。ちなみに、本当のオーナーは慎さんですよ。私がオーナーと呼ばれているのは、愛称です」

混乱している私に気が付いているはずなのに、オーナーは、軽く説明をしただけで、話を締めくくった。

「そう、なんですか……」

気になることは多いが、それ以上、どう質問していいのかわからず、私は口を閉ざした。

（オーナーは友達って言ったけど、穂花さんって、慎さんの恋人だったのかな……。恋人だったとしたら、ううん、友達だったとしても、大切な人が亡くなるなんて、慎さん、きっと、ものすごくつらかったよね……）

悲しい気持ちで俯いていると、オーナーが脚立からぴょこんと飛び下りた。ケーキの入っているショーケースのほうへ近づいていく。そして、中から、ガラスの器に入ったティラミスを取り出すと、皿に載せて、カウンターに置いた。

「明理さん。そろそろ休憩の時間です。おやつにこれをどうぞ」

「いいんですか？」

「ええ。知っていますか？　ティラミスという言葉には、イタリア語で『私を上に引き上げて』という意味があるのですよ。ティラミスは、コーヒーシロップを染み込ませたサヴォイアルディと、マスカルポーネを使ったクリームを交互に重ねていき、ココアパウダーを振って仕上げたおなじみのスイーツです。風邪や疲れている時の栄養補給に食べられていた、卵黄と砂糖を混ぜ合わせたクリーム、ザバイオーネがベースになっています。『美味しくて元気が出るスイーツ』、それがティラミスなのです。

——私と慎さんのことで、明理さんを思い悩ませてしまったようなので」

私は思わず自分の顔に触れた。オーナーに気を使わせてしまうほど、落ち込んでいただろうか。

「ごめんなさい。つらいのは慎さんなのに。私が元気なくなってどうするんだ、って感じですよね」

自分の口角を指でキュッと上げ、笑顔を作る。オーナーはゆっくりと首を横に振った。

「他人を思いやれる明理さんは素敵です」

「オーナー……」

思わず泣きそうになり、私は涙をぐっと堪えた。

「さあ、休憩に入ってください」

「はい、ありがとうございます。あ、そうだ、オーナー。お金を払うので、慎さんにもティラミスを持っていってあげてもいいですか？」

慎さんにつらい過去を思い出させてしまった。甘いものを食べて、少しでも元気を出してもらいたい。

私の気持ちを察したのか、オーナーが微笑みを浮かべた。

「お金はいりません。どうぞ、慎さんにティラミスを持っていってあげてください」

「オーナー、ありがとうございます！」

私はトレイにティラミスを載せると、工房へと向かった。トントンと扉を叩く。

ガラス窓の向こうで、慎さんがこちらを向いた。いつも通りの、淡々とした表情に戻っている。今、彼が何を考えているのか、読むことができない。

「慎さん」

私は扉を開けると、工房の中へと入った。

布。ミシン。ピンクッションには、長短の針とまち針が何本も刺さっている。ハサミに、スタッフィングスティック、鉗子《かんし》。テディベアを作るための様々な道具が、作業机の上に散らばっていた。

「何？」

布を縫い合わせていた慎さんは手を止め、無愛想な声を出した。私は笑顔を作ると、作業机にティラミスを置いた。慎さんの視線がガラスの器へと移る。

「オーナーが、ティラミスって元気が出るお菓子だって教えてくれたから、持ってきました」

慎さんから言葉はない。

重い雰囲気に耐えられず、私は慎さんに背中を向けると、工房を出た。扉を閉めて、軽く息を吐く。私は少し緊張していたようだ。

そっと振り返ってみると、慎さんはティラミスに手を伸ばしていた。

（良かった。食べてくれそう）

ほっとした私はカウンターへ戻ると、自分の分のティラミスをトレイに載せ、スタッフルームへ持っていった。小さなテーブルの上にガラスの器を置き、椅子に腰を下ろす。いただきますと手を合わせてから、スプーンを手に取り、ティラミスを掬う。

口に入れてびっくりした。コーヒーシロップが入っているのだと思い込んでいたら、紅茶の味がした。

「これ、紅茶のティラミスだったんだ……」

紅茶シロップの染み込んだサヴォイアルディが口の中でじゅわっと溶け、マスカルポーネクリームのなめらかな風味と混じり合う。

「美味しい……」

ほっと気持ちが和らぎ、自然と笑みが浮かんだ。

オーナーのスイーツは、人を幸せにする。

優しい声、もふもふの体、オーナーはどこまでも癒やし系で、そんなオーナーを作った慎さんはあたたかい人なのだと、改めてそう思った。


その日の夜、入浴後、ベッドの上に横たわりながら、私は、今日聞いた衝撃の事実を思い返していた。

（オーナーが慎さんが作ったテディベア……）

慎さんが魂を込めて作ったテディベアは、本当に魂を持ったのだ。

（まるで、奇跡だ……）

オーナーは生きている。そして、就職活動で打ちひしがれていた私に優しい言葉をかけてくれた。

（慎さんがなんと言おうと、慎さんの作るテディベアで喜ぶ人がいるし、救われる人もいる）

奥さんを亡くしたという男性のことを思い出した。あの人と子供たちだって、慎さんのテディベアに救われたはずだ。

（慎さんの亡くなった友人の穂花さんは、それがわかっていたんだ。きっと穂花さんも慎さんのテディベアに救われていたんだ。だから『作り続けてね』って言ったんだ。きっとそうだ）

それは確信だった。病弱だったという穂花さんを、慎さんのテディベアは勇気付けていたに違いない。

私は、むくりと起き上がると、充電していたスマホを取り上げた。インターネットを立ち上げ、検索サイトに、『メリーソート』とカタカナで入力する。するとすぐに情報サイトがヒットして、メリーソート社の説明が現れた。

『一九三〇年に創業されたテディベアを製造している企業。チーキーなどのベアが有名』

チーキーというテディベアがどんなものなのかを調べてみると、慎さんが持っていたものと同じデザインのテディベアの写真が出てきた。頭と耳が大きく、いたずらっ子のような笑顔のテディベアだ。

「『エリザベス女王がこのベアを見て「Cheeky（生意気そう）」と言ったのが、名前の由来』か……」

確かに、あのテディベアは生意気そうな顔をしていた。

私はさらに説明書きを読み進めた。

「『社名のメリーソートの由来は、幸運を呼ぶものとして珍重されていた、ウィッシュボーン（鳥の胸にある二又の骨）を意味するイギリスの古語である』――幸運を呼ぶ？」

はっとして、顔を上げる。私は穂花さんに会ったことはない。けれど、彼女がどんな思いで慎さんにチーキーを贈ったのかわかった気がした。

「穂花さんはきっと、自分がいなくなっても、慎さんに幸せでいてほしかったんだ……」

だから、『作り続けてね』と言った。慎さんの技能を、それによって将来救われるであろう誰かを、そして慎さん自身を、穂花さんは守りたかったのだ。

慎さんは、そのことに気が付いているのだろうか。

私は「そんな立派な理由でテディベア作家になったわけじゃない」と言った、慎さんの苦しそうな表情を思い出し、切ない気持ちで、胸の前でこぶしを握った。

＊

『面接日時：十二月二十四日、十時。面接場所：株式会社 Hand and Hand 本社』

メールの内容を、私は何度も見返し、深呼吸をした。

久しぶりに着たリクルートスーツに背筋が伸びる。

（クリスマスイブに面接か……）

タイミングが悪いのか、むしろ、いいのか。

（サンタさんが合格をプレゼントしてくれる……といいな）

そう信じて、私は、おしゃれな外観のオフィスビルへと足を踏み入れた。

『株式会社Hand and Hand』は、十階のフロアを使っているらしい。

サラリーマンたちと一緒にエレベーターに乗り込み、十階のボタンを押す。途中の階で降りていくサラリーマンを見送りながら、私はだんだん緊張してきた。

（ああ、何を聞かれるんだろう。志望動機は絶対だよね。あとは自己ＰＲとか？　社会人経験とか？　それを聞かれたら、ちょっと困っちゃうな……）

私は悩みに悩んだ末、『Hand and Hand』の求人に応募をした。正直にまだ在学中の大学生であることを記載して応募フォームを送ったのだが、意外にも、すぐに面接の案内が届いた。そして今日、意気揚々と（？）会社に乗り込みにきたのだ。

チンと音がして、エレベーターの扉が開いた。恐る恐る足を踏み出すと、目の前に、『株式会社Hand and Hand』と社名の書かれたパーテーションが立っていた。廊下がなく、目の前がオフィスだったので、驚き、思わず体がすくんでしまった。

（電話がある。あれで呼び出すのかな？　ええと『失礼します。面接を受けに来た瀬尾です』って言えばいいよね……）

コートを脱ぎながらそんなことを考えていると、パーテーションの向こうから若い女性が出てきた。私と同じようにスーツを着ていて、手にコートとバッグを持っている。

「本日はありがとうございました」

パーテーションの向こうに頭を下げた後、その女性は振り返り、私の存在に気が付いた。軽く会釈をしてから、エレベーターのボタンを押す。

（そうか。あの人も、面接を受けに来たんだ）

応募をしたのは自分一人のような気持ちになっていたが、他にも応募者がいて当然だ。

誰かいるかもしれないと、パーテーションへ向かうと、私の足音に気が付いたのか、裏から女性社員が出てきた。

「すみません。面接に来た瀬尾明理と申しますが……」

できるだけハキハキと名乗ると、女性社員は「ああ！」と笑顔をみせた。タイトスカートにカットソーとカーディガンというオフィススタイルの女性は、私とあまり歳が変わらないように見える。新卒の社員なのだろうか。

「瀬尾さんですね。お待ちしていました。こちらへどうぞ」

先に立って歩く女性の後についていく。応接室に通されると、四十代ぐらいの男性が机の前に座っていて、私の顔を見ると立ち上がった。

「いらっしゃいませ。どうぞおかけください」

にこやかに、手のひらで前の椅子を勧められたので、「失礼します」と言って椅子を引いたら、うっかり大きな音を立ててしまい、内心で慌てた。

（マナーが悪いって思われたかな……）

心配しながらリクルートバッグを椅子の横に置き、腰をかける。背筋を伸ばし、両手は膝の上で揃えた。

すると、私の緊張に気が付いたのか、

「固くならずにリラックスしてください。僕は、『株式会社Hand and Hand』の社長をしております、梶《かじ》といいます」

梶社長は笑顔を浮かべた。

（しゃ、社長さん……！）

いきなり大物が出てきたと、ますます緊張が高まる。

私をここへ案内してくれた女性も梶社長の隣へ座り、お辞儀をした。

「私は大前《おおまえ》といいます」

「よろしくお願いします」

私もお辞儀を返すと、梶社長が、

「早速ですが、履歴書はお持ちですか？　自己紹介をお願いします」

と、促した。

「あっ、はい！　こちらが履歴書です」

バッグから急いでＡ４の封筒を取り出し、梶社長に渡す。名前を名乗り、大学名と、来年三月に卒業予定だということを告げる。

「そういえば、大学生さんでしたね。応募の際にも書いていらっしゃいましたね」

「はい……すみません」

なんとなく謝ってしまった私を見て、履歴書に目を落としていた梶社長は、顔を上げた。

「なぜ謝るのですか？」

梶社長のまっすぐな視線に、ドキリとする。私は萎縮をして、おずおずと答えた。

「今回の求人は社会人経験がある方の中途採用ですよね。私は新卒ですし、条件に当てはまらないのに応募してしまって……」

「でも、あなたは、条件に当てはまらないと思いながらも、弊社に応募してくださったのですよね。志望動機があったのではないですか？」

梶社長の声は淡々としているが、真面目だ。私は、

「はい。はい、そうなんです……！」

と、二度頷いた。

「私、ハンドメイドに興味があるんです。先日、御社が開催されているイベントに行きました。会場中がすごい熱気でびっくりして……」

「『Hand and Hand Market』に来てくださったんですか」

大前さんが、両手を合わせて嬉しそうな顔をした。

「はい、行きました。私、ハンドメイドイベントというものに行ったのは、初めてだったんです。たくさんの作家さんの作品に触れたり、お話をしたりしました。皆さん、情熱を持って作品作りをしていらっしゃることに感動したんです」

「それで、弊社を受けてみたいと？」

梶社長は笑顔だったが、私は、社長はまだ満足していないのだと気が付いた。きっと、私と似たような志望動機を言う応募者は多いのだろう。

私はさらに続けた。

「御社に入社できたら、そんな作家さんの応援をしたいんです。私は、ものを作ることができないけど、裏方として支えていけたら……」

大前さんが頷きながら話を聞いてくれているのが、唯一の心の支えだ。

「…………」

梶社長は、ただ微笑んでいる。

(ダメだ。響いていない)

この表情は知っている。面接に落ちる時の、人事担当者の顔だ。優しく見えて、内心では、私が期待外れだと思っている。

(でも……でも、私は、この会社で働きたい)

私はぐっとお腹に力を入れた。もうフラれるのはまっぴらごめんだ。

「私、今、喫茶店でアルバイトをしているんです。その喫茶店にはテディベア工房があって、一人の男性作家さんが働いています」

唐突に始めた『ティーサロン Leaf &テディベア工房 ShinHands』の話に、梶社長と大前さんが、興味を引かれたような顔になった。

「その作家さんは、作家歴が二十年以上あるベテランで、すごく素敵な作品を作られます。見る人をあったかい気持ちにさせるテディベアです。先日も、奥さんを亡くされたご主人からの依頼で、形見のコートでテディベアを仕立てました」

「それは良いお話ですね」

梶社長が感心したような声をあげたので、勇気付けられ、私は言葉を続けた。

「その作家さんのテディベアは、人を救うんです。彼は、昔、友人を亡くして、テディベアを作ることをやめようとした時があったそうです。でも、友人の『作り続けてほしい』という遺言に支えられて、作家を続けてきました。私は思うんです。その人はきっと、作家さんのテディベアが大好きだったんだって。――ハンドメイド作品は、作り手の気持ち、手に取った人の気持ち、優しい気持ちがたくさん詰まった素敵なものだと、私は知りました。だから、そういうものを生み出す手を持っている人たちをサポートしたい、私も守りたいと思ったんです」

緊張はいつの間にか消え、私は前のめりになって語っていた。握りしめた手には、じんわりと汗をかいていた。

「――なるほど」

私が話し終えると、梶社長が目を細めた。

「熱いお気持ちを聞かせていただいて、ありがとうございました」

その言葉で、ふっと力が抜けて、熱弁を振るったことが、にわかに恥ずかしくなり、私は、

「いえ……」

と、小さな声で答えた。

その後、大前さんから、他に内定の出ている会社はないのか、もし入社することになったら、いつ頃から働きに来られるのかという質問を受けた。大学生なので、在学

中はフルタイムは無理だが、アルバイトという形だと来ることができると答えると、大前さんは「なるほど」と頷き、手元の書類にメモを書き込んだ。

一通りのことを確認された後、

「では、検討させていただきますね」

梶社長が大前さんに目配せを送った。

「それでは、合否の通知は、年明けにメールで送らせていただきます。年末年始を挟んでしまい、申し訳ありません」

大前さんが、にこやかに私のほうへ顔を向ける。

「わかりました」

「本日はありがとうございました」

「ありがとうございました」

梶社長と大前さんが頭を下げたので、私も急いで「ありがとうございました」とお礼を言い、お辞儀をした。

大前さんに、社名の入ったパーテーションの前まで見送られて、会社を後にする。

(伝えたいことは伝えられたと思う……。合否は年明けか……。長いなぁ)

私はエレベーターで下へと降りながら、深々と吐息をした。

＊

年末年始を、私は実家に帰らずに過ごすことにした。

『ティーサロン Leaf &テディベア工房 ShinHands』も年末年始は休みだったが、私が実家に帰らないと言うと、オーナーが初詣に誘ってくれた。

「わあ、雪だ。どうりで寒いと思った」

オーナーと待ち合わせをした地下鉄出口へ向かって階段を上がると、外は雪が降っていた。

「明理さん、あけましておめでとうございます」

出口の屋根の下にいたオーナーが私の姿に気が付き、振り返る。今日のオーナーは、ウールのコートを着込んだ姿だ。首には毛糸のマフラーを巻き、頭にはポンポンの付いたお揃いの帽子を被っている。その姿がたまらなく可愛い。

「あけましておめでとうございます！　オーナー！」

元気良く新年の挨拶をして、オーナーに抱きつこうとしたら、さっと避けられた。

気を取り直し、傘を、ぽんと開く。

「オーナー、傘を持ってきていないんですか？」

オーナーは手ぶらだ。

「家を出る時は降っていなかったので、忘れてしまいました」

「なら、相合い傘をしましょう！」

「良いのですか？」

「もちろんです」

オーナーの隣に並び、傘を差しかける。少し離れた場所に、通天閣《つうてんかく》が建っている。大阪らしい風景を横目に見ながら、私たちは仲良く歩き出した。

これから向かうのは商売繁盛の今宮戎《いまみやえびす》神社だ。

一月九日から十一日に開かれる『十日戎』の祭礼が有名で、参拝者は「吉兆」という縁起物を選び、「福むすめ」に「福笹」への飾り付けを授与してもらえる。境内を埋め尽くすほどの人が訪れて、賑わうのだそうだ。

今宮戎神社まで来ると、オーナーが鳥居の前で一礼をした。私も真似をして一礼し、境内の中へと入る。今日は『十日戎』ではないし、お正月とはいえ二日目のためか、初詣客はそれなりにいるものの、あまり混んではいない。

雪も小降りになったので、傘を閉じてから、拝殿へ向かう参拝者の列に加わる。順番を待った後、賽銭箱にお賽銭を入れて、手を合わせた。

（採用が決まりますように……）

クリスマスイブの日に受けた面接に合格していることを祈って目を開けると、オーナーはまだ熱心に手を合わせていた。その姿を、少し離れた場所にいる女子たちがスマホで撮影をしている。

「まじヤバい！　クマだよ、クマ！　超可愛い！」

「きぐるみ？　子供が入ってるのかなぁ？」

きゃあきゃあ言っている彼女たちを見て、苦笑する。

（そう思うよね）

オーナーの姿にすっかり慣れてしまったので、あのように驚いている人を見ると新鮮な気持ちになる。

女子たちが騒いでいるからか、周囲の人の視線も集め出したので、私は祈り終わったオーナーの肩を叩いて促した。

「行きましょう」

「そうですね。裏へ回りましょうか。えびす様は耳が遠いという俗説があって、この神社では、お願いごとをよく聞いてもらえるように、念押しの意味を込めて、本殿の裏からもう一度お祈りをする風習があるんだそうですよ」

オーナーの豆知識に、「へえ～」と感心した声をあげる。

本殿の裏手に回ると、銅鑼があった。裏参りでは、この銅鑼を鳴らすらしい。手を伸ばして叩いた後、私たちは注連縄の下で、もう一度、お祈りをした。

「オーナーは何をお願いしたんですか？」

何気なく聞いてみると、オーナーは、にこっと笑った。

「もちろん、明理さんの合格です。それから、商売繁盛を少々」

私のことまで神様にお願いをしてくれたのかと、嬉しくなる。

「ありがとうございます、オーナー」

「いえいえ」

参拝が終わり、境内を出る頃に、再び雪が降り始めた。私は傘を開くと、オーナーに差しかけた。

「オーナー、どうぞ」

「ありがとうございます」

傘の下に入ったオーナーが、

「そういえば、明理さん。面接結果は年明けにわかると言っていましたね」

と、問いかけてきた。

「多分、企業さんが仕事始めになったら連絡が来るのではないかと」

「四日か五日ぐらいでしょうか」

「そのあたりですかねぇ」

遠い目をして頷いたら、オーナーは「きっと大丈夫ですよ」と、私の腕を叩いた。

「そうでしょうか」

「はい。だって明理さん、面接を受けに行った日の翌日は、なんだか清々しい顔をしていましたよ」

「清々しい……ですか？」

片頬を押さえて小首を傾げる。

「地に足が着いたという印象を受けました」

オーナーにそう説明をされ、

「それって、今まで私がふわふわしていたっていうことですか？」

と、慌てて尋ねる。

「ふわふわ、といいますか、自信がなさそうな頼りない印象はありましたね」

「うわぁ、私、そんな風でしたか」

就職活動が上手くいかず、やりたいことも見つからず、自信をなくしていた。その事実から目を逸らしていた私のことを、オーナーはお見通しだったというわけだ。

オーナーは恥ずかしがっている私に笑いかけると、雪のちらつく空を見上げた。

「でも、今の明理さんは芯が通っています。やりたいことを見つけるって、きっとそういうことなのでしょうね。慎さんも……自分では気が付いていないだけで、本当は芯が通っているのです」

ぽつりとつぶやいたオーナーの横顔には創造主である慎さんへの思いが溢れていて、それを目にした途端、私は胸がいっぱいになった。

「きっと、そうですね」

頷いた後、オーナーと同じように空に目を向けた。はらはらと落ちてくる雪が美しい。滅多に積もらない大阪だが、今日はどうだろうか。

*

『慎重に検討させていただきました結果、貴殿を当社に採用させていただくことに致しました』

私は『ティーサロンLeaf』の前で、昨日届いたメールを読み返した。

(今でも信じられない)

何度、メールを確認したかわからない。けれど、私が『株式会社Hand and Hand』に採用されることになったのは、ドッキリでもなんでもない本当のことだ。ただし、試用期間も兼ねて、身分は当面、アルバイトだった。契約社員になれるかどうかは、大学を卒業した後、再び判断されるらしい。

（とりあえず、なんとかなった……かな）

私の気持ちは「ほっと、一安心」の一言に尽きる。

（年末年始は落ち着かなかったからなぁ）

やきもきとしていた期間を思い出し、苦笑した。オーナーが初詣に誘ってくれなければ、ずっと悶々としていただろう。

「今日はオーナーに報告と、それから……」

手に提げていた紙袋に視線を向ける。

これは、慎さんへの手土産だ。

私は『ティーサロンLeaf』の扉に手をかけると、中へと押した。カランとドアベルが鳴る。

「いらっしゃいませ」

オーナーの声が聞こえたので、元気に挨拶をする。

「おはようございます！」

「明理さん、今日はお休みでは？」

カウンターへと近づくと、ティーカップを拭いていたオーナーが不思議そうな顔をした。

タイミング良く、慎さんもカウンター席に座っている。私の顔を見て、

「あけましておめでとう、瀬尾さん」

淡々と年賀の挨拶をした。

「あけましておめでとうございます。慎さん。今日はお二人にご報告があって」

私はコートを脱ぎ、先ほどのオーナーの質問に答えた。

「報告というのはもしかして……」

オーナーはピンときた様子だが、慎さんは首を傾げている。私は、足元のかごにコートとバッグを入れ、慎さんの隣の椅子に腰を下ろした。

「実は私『Hand and Hand』の会社の面接を受けたんです」

「えっ？　そうなの？」

目を丸くした慎さんに向かって頷く。

「それで、採用が決まりました」

「なんと！　おめでとうございます、明理さん！」

オーナーが両手を叩いて祝ってくれたが、もふもふの毛皮なので、パチパチとは鳴らず、ぽふぽふぽふ……と音がしただけだった。手放しで喜んでくれたオーナーの気持ちが嬉しく、満面の笑みを浮かべる。

「そうなんです、決まったんです！　まあ、最初はアルバイトなんですけどね」

「まさか、瀬尾さんが『H&H』の会社に入ることになるとはね。もしかして、ハンドメイドに興味を持ったって言っていたから、それで？」

　慎さんの質問に「はい」と頷く。

「私がハンドメイドに興味を持ったのは、慎さんのおかげです。慎さんが、お客さんのために心を込めてテディベアを作っている姿に感銘を受けたから、私、慎さんみたいな作家さんを応援したいって思うようになりました」

　体を慎さんのほうへ回し、じっと目を見つめる。すると慎さんは困惑した様子で、ぼそりと否定した。

「僕は別にそんなに高尚な気持ちで作っているわけじゃない」

「感銘とか言われると、困る」

　無愛想に手を振られ、私は「いいえ！」と、身を乗り出した。

「慎さんは、お客さんのために心を込めて作っています！　慎さんがそうじゃないと言っても、私にはわかります。だって、テディベアを手に取って、お客さんが喜んでくれた時の慎さんは、とても嬉しそうだから」

「それは仕事だからだよ。結果を出せたら……少しは嬉しい」

　あえて素っ気なく振る舞っているような慎さんに、私は続けた。

「確かに仕事かもしれないけど、慎さんはテディベア作家という仕事のことが、とても好きなんだなって、見ていればわかります。テディベアの話や、制作をしている時の慎さんは、いつも楽しそうです」

「楽しそう……?」

私の言葉を聞いて、慎さんの顔が歪んだ。

「そんなことはない！　僕は、ただ……あいつが『作り続けて』って言ったから、作らなきゃいけないって……そう思ってきただけだ！」

穏やかな慎さんが初めて荒げた声に、私は身を震わせたが、深く呼吸をして落ち着きを取り戻すと、

「穂花さんの遺言のことですよね。穂花さんの話、オーナーから聞きました」

と、語りかけた。慎さんが驚いたように私を見て、すぐにオーナーに視線を移し、「なんでそんな話をしたんだ」とでも言いたげに睨み付けた。オーナーは静かな表情で、慎さんのまなざしを受け止めている。

「慎さんは、ぬいぐるみが好きな穂花さんのために、テディベアを作ってあげていたんですよね。病気と闘っていた穂花さんにとって、慎さんのテディベアは、心強い友達だったと思います。ぬいぐるみって、関係ない人から見たらただのぬいぐるみでしかないけど、持ち主にとっては、唯一無二の大切な友達なんです。私にも、そんなぬいぐるみがいるからわかります」

私を見つめる慎さんの目を、私もまっすぐ見つめ返した。

「穂花さんが慎さんに贈った、形見のテディベアの話も聞きました。慎さんだったらきっと知っていると思うけど、チーキーを作ったメリーソート社の由来って、幸運を呼ぶウィッシュボーンなんですよね」

慎さんが無言で頷く。

「穂花さんが贈ったチーキーには、慎さんに幸せになってほしいっていうメッセージが込められていたんですよ。『作り続けて』と言ったのも、そうです。慎さんが本当にテディベア作りが好きで、そんな慎さんが作ったテディベアに救われる人が、自分以外にもいるはずだって、穂花さんはわかっていたから、そう言ったんです」

「……僕は、穂花が死んでから、幸せじゃなくなった」

慎さんはカウンターの上に視線を落とした。遠い過去を想うような瞳をしている。

「子供の頃から手芸が好きで、女みたいだっていじめられていた僕を、かばってくれたのが穂花だった。『慎君の作るテディベアが好き』って言ってくれたから、僕は穂花のために、たくさん縫った。穂花が入院するようになってからは、病室がテディベアでいっぱいになるまで作りすぎて、看護師さんに苦笑されたな」

ふふっと力なく思い出し笑いをした慎さんの表情が切なくて、私は胸がぎゅっと痛くなった。

「穂花が『作り続けて』と言ったから、僕はなんとか針を持って……作って……。無心に縫っている間だけ、正気が保てた」

「そうして、何年か経って、私が生まれたのですよね」

オーナーの言葉に、慎さんが静かに頷いた。

「笑っちゃうよな。まさか、生きたテディベアを作れるとは思わなかった」

「それだけ、慎さんの心がこもっていたっていうことですよ」

優しく声をかけると、慎さんは泣き笑いのような顔で私を見た。

「心？　そうなのかな……」

「慎さんは、つらさを分け合ってくれる友達を、自分で作ったんですよ」

「友達か……」

慎さんがオーナーに目を向けると、オーナーも慎さんを見返した。二人の間には、私の知らない過去があり、その過去が二人の絆を強くし、慎さんを支えてきたに違いない。

（慎さんはオーナーが生まれてから、今まで、二人三脚でやってきたんだろうな）

どんないきさつで『ティーサロンLeaf &テディベア工房ShinHands』を立ち上げたのかはわからない。今度改めて、話を聞いてみたいと思った。

「慎さん。これを」

私は、膝の上に持っていた紙袋から、小箱を取り出し、慎さんの前へと置いた。慎さんが、「何？」と首を傾げる。

「開けてみてください」

私が勧めると、慎さんは蓋を開け、目を瞬いた。中には、薄紙でキャンディー状にくるまれたクッキーが入っている。

「これは……？」

「ポルボロンです」

私は微笑みながら答えた。

「ここに初めて来た日、慎さんが私に出してくれたお菓子です。三度『ポルボロン』と唱えて食べたら、幸せになれるんですよね。私は、慎さんに幸せになってもらいたいんです。だから食べてください」

クッキーをつまみ上げ、薄紙を剥がした。慎さんの手を取り、手のひらに載せる。

「はい、せーの！　で唱えてくださいよ」

早く口に入れるように急かすと、慎さんは「強引だなぁ」と苦笑した後、クッキーを口に入れた。私の「せーの！」の合図と共に、「ポルボロン、ポルボロン、ポルボロン」と三度唱える。その後に、慎さんはもぐもぐと口を動かし、クッキーを飲み込んだ。

「……相変わらず、このクッキーは口の中の水分を奪うなぁ」

真面目におまじないを唱えたことに対する照れ隠しのようにそう言って、慎さんは口元を押さえた。

「慎さんの作家としての姿勢、尊敬してます。私はこれから、慎さんみたいな作家さんの力になれるよう、仕事に励みます」

改めて決心を伝えると、慎さんは優しく目を細めた。

「――頑張って」

オーナーが、いつの間に入れていたのか、慎さんと私の前にミルクティーを出してくれる。

「瀬尾さんも食べたら？」

慎さんが、薄紙に包まれたクッキーを取り上げ、私のほうへ差し出した。そして、

「オーナーにも」

と、手渡す。

「幸せは、わかち合ったほうがいいだろ」

ふわりと微笑んだ慎さんの表情は穏やかで、私は釣られるように笑顔になり、「はいっ」と元気良く答えた。

第五章　ファースト・テディベア

「元気になったら動物園に行きたいなぁ。その時は、一緒に行ってね。慎君」

病室で横になった穂花は、窓の外を見て、よくそう言っていた。

ぬいぐるみが好きで、動物が好きで。僕が手作りのテディベアを持っていくと、手を叩いて喜んでくれた。

そんな彼女が亡くなったのは一週間前。

胸の中にぽっかりと穴の空いた気持ちで、僕は一人で天王寺動物園へやってきた。

愛想の良いスタッフにチケットを見せて入園する。左に向かって歩いていくとカバ舎があり、一頭のカバが何か餌を食べていた。こちらにお尻を向けていたので、特に興味も引かれず、その場を離れる。

さらに行くと、アミメキリンやエランドのいるエリアがあり、三人連れの若い女性たちが「可愛い！」と騒ぎながら、写真を撮っていた。その姿に穂花を重ね、苦い気持ちになる。

「穂花がいたら、きっと喜んだだろうな」

（穂花、穂花、穂花）

た。

心の中で何度も名前を呼ぶ。

幼稚園からの幼なじみで、一番近くにいた女の子。大切な親友だった。体が弱くて、入院しがちで、大人にはなれないのではないかと言われていた。周囲の人々がそう囁くたびに、僕は心の中で否定し、穂花と一緒に成人式を迎えるのだと強く信じた。

(でも逝ってしまった)

最期に彼女が言った「慎君の作るテディベア、私、大好きだから、私がいなくなっても作り続けてね」という言葉が脳裏に蘇る。

僕は肩に掛けたトートバッグの中から、茶色のテディベアを取り出した。穂花が「ふわふわした子が欲しい」と言ったので、手触りの優しいオーガニックコットンを選び、綿も軽めに入れて作った新作だ。普段はかっちりしたテディベアを作っているので、僕が作るには珍しいぬいぐるみタイプの子だった。穂花の容態が悪いのはわかっていたので、急いで仕上げたものの、間に合わなかった。

(穂花がいなければ、作る意味もないのに)

僕は少しの間、テディベアを見つめた後、トートバッグの中に押し込んだ。

ぼんやりと歩いているうちに、いつの間にかクマ舎の前まで来ていた。大きな体を横たえ、ホッキョクグマが眠っている。

（本物のクマって、テディベアとは全然違うよな）

可愛いというよりも、迫力があって、怖い。

何気なく近づいたら、クマ舎の前で泣いている小さな女の子に気が付いた。

（迷子？）

周囲を見回してみたが、親らしき大人は見当たらない。

放っておくのもどうかと思い、僕は彼女に声をかけた。

「どうしたの？　お父さんかお母さんはいないの？」

しゃがみ込んで目を合わせ、問いかける。

「どっかへ行っちゃった」

女の子は小さな声で答え、ぐすんぐすんと鼻を鳴らした。

「どこまで一緒にいたか覚えてる？」

きっと両親も捜しているに違いない。迷子になった場所まで連れていけばなんとかなるかと思ったが、女の子は「わからない」と首を振った。

（うーん、困ったな……。スタッフに預けたら、放送でもかけてくれるだろうか）

僕は頭をかいた後、できるだけ優しい声で女の子に話しかけた。

「じゃあ、僕と一緒にお父さんとお母さんを捜しに行こう」

そっと手を取ると、女の子は素直に僕の手を握り返し「うん」と頷いた。

二人で園内を歩き、親を捜しながら、入園ゲートを目指す。その間にも、女の子はずっと泣いていて、僕はどう慰めていいのかわからず、

「どんな動物を見たの？　君は何が好きなの？」

などと声をかけてみたが、女の子からの返事はなかった。

困り切ったまま、入園ゲートまで辿り着き、その場にいた女性スタッフに事情を話した。女性スタッフは僕に礼を言うと、前屈みになり、女の子の顔を覗き込んだ。

「すぐにお母さんが来るからね。お名前はなんていうのかな？」

女性スタッフが励ましても、女の子は相変わらず泣くばかりだ。きっと不安でいっぱいなのだろう。

（このまま去ってもいいものだろうか……）

スタッフに預けたのだから、僕の役目はここで終わったはずだ。あとは、彼女に任せておけばいい。

「よろしくお願いします」

僕は女性スタッフに会釈をすると、背中を向けて歩き出した。

（大丈夫。ご両親に会えるはず）

安心してもいいはずなのに、女の子の泣き顔が頭から離れない。

どうしても気にかかり、僕は女の子のもとまで戻ると、トートバッグの中からテ

ディベアを取り出し、差し出した。

　両手で顔を押さえ、目をこすっている女の子はテディベアに気が付いていない様子だったので、腕を取って抱かせる。すると、

「……クマさん………」

　女の子が、ぽそりと小さな声をあげた。

「うん、そう。クマさんだよ。この子が一緒にお父さんとお母さんが来るのを待ってくれるから、一人じゃないよ」

　僕が頭を撫でると、女の子はぽかんと僕の顔を見上げた後、涙に濡れた瞳で「うん」と頷いた。どうやら、嗚咽は止まったようだ。

　女性スタッフがほっとした様子で、

「お名前を教えてくれるかな？」

　と、再度問いかけた。

「……アカリ」

　迷子の園内放送が流れて、しばらくすると、警備員に連れられた夫婦と、小学生ぐらいの女の子がやって来た。

「迷子のお子様のご両親がいらっしゃいました」

　警備員が女性スタッフに声をかけるよりも早く、アカリの母親らしき女性が、

「ああ、明理！　良かった！」

安堵の表情で、娘を抱きしめた。

「アカリちゃんのお父さんとお母さんですか？」

女性スタッフが確認をすると、父親が「はい、そうです」と、頷いた。

「すみません。目を離した隙にいなくなってしまって……」

「アカリちゃん、お父さんとお母さんが来てくれて良かったね」

（良かった。今度こそ、僕の役目は終わりだ）

アカリの両親とスタッフが会話をしているそばから、そっと離れようとした僕を、アカリの母親が呼び止めた。

「あっ、すみません。もしかして、あなたが明理を見つけてくれた人ですか？」

半身だけ振り返り、軽く頭を下げる。

「はい。お父さんとお母さんが見つかって良かったです。僕はこれで失礼します」

「何かお礼を……」

父親が慌てた様子で声をかけてきたが、「結構です」と首を振る。

これ以上何か言われないうちにと、急いで立ち去ろうとしたら、アカリの声が聞こえた。

「お兄ちゃん、クマさんありがとう」

思わず振り返ると、アカリが笑顔でテディベアを掲げていた。

（ああ、穂花と一緒だ）

小さい頃から、僕がテディベアをプレゼントすると「ありがとう、慎君」と言って、嬉しそうに笑ってくれた。彼女が喜んでくれるから、僕は作り続けていたのだ。

（君も喜んでくれるのかい）

「バイバイ」と手を振るアカリに、僕は軽く手を振り返すと、滲んだ涙を隠すように、足早に歩いた。

テディベアは人を笑顔にする。

誰かが笑顔になるのなら、僕が針を持つ意味は、まだあるのかもしれない。

「もう少し、作ってみるよ。穂花」

僕は、真っ青に晴れ渡る空の向こうにいるはずの彼女に向かって、つぶやいた。

終章　運命のシュー・ア・ラ・クレーム

『株式会社 Hand and Hand』での採用が決まり、私は一月末で『ティーサロン Leaf』を辞めることになった。

「卒業までは掛け持ちで」とも考えたのだが、中途半端な気持ちでどちらの仕事もしたくなかったので、オーナーにすっぱりと「退職させてください」とお願いをしたのだ。オーナーは私の決心を後押しするように、「『Hand and Hand』でも頑張ってくださいね」と励ましてくれた。

そして今日は私の勤務最終日。退職の話を聞きつけ来店してくれた、楠木姉妹と北原夫妻を店の外で見送ると、私はA型の黒板を手に取った。この黒板をしまうのも今日で最後だと思うと感傷的になる。

「よいしょっと」

片手で扉を開け、背中で押さえながら黒板を店内へ入れていると、

「持つよ」

テーブル席の食器を片付けていた慎さんが近づいてきて、私の手から黒板を受け取ってくれた。

「ありがとうございます」

「別にいいよ」

慎さんは無愛想に返事をする。けれどそれは表面上のことだけだ。彼は、本当はとても優しい人なのだから。

（慎さんのこういう態度、最近、なんだか、可愛いなぁって思うんだよね）

一人で笑っていると、慎さんが怪訝な目をこちらに向けた。

「変な顔してどうしたの？」

「なんでもありません。……ていうか、変な顔とか、慎さん失礼！」

ぷんっと膨れたら、慎さんはわずかに唇の端を上げた。

（あ、笑った……）

慎さんの笑顔を見ると、胸の中がほんわかとあたたかくなる。

（もっと笑ってほしいなぁ……）

ぼんやりと考えていたら、黒板を扉の横に置いた慎さんが振り向いた。

「瀬尾さん。今日でこの店、最後だよね。お餞別を用意しようと思っていたんだけど、女子大生が喜ぶものがわからなかったんだ。リクエストあったら聞くけど」

「お餞別？」

「うん。何か欲しいものある？」

「要求してお餞別をもらうなんて変だなぁ」と思いながらも、私はつい考え込んでしまった。

(欲しいものかぁ……)

咄嗟に何も出てこない。

「なんでもいいよ。多少高いものでも。瀬尾さんにはポルボロンももらったし、お世話になったし。なんなら、一緒に買いに行く?」

悩む私に、慎さんが驚くようなことを言った。

「一緒に?」

「うん。そのほうが手っ取り早い」

「気を使わないでください」と言いかけたが、それもまた逆に失礼かもしれないと、思い留まる。

(一緒に買い物に行くって、慎さんと二人で出かけられるチャンスってこと?)

誘惑に心が揺れた。

(どうしよう……)

頭を悩ませた後、私は勇気を出して、

「慎さん、それなら、一緒に行ってほしいところがあるんですけど、いいですか?」

と、お願いをしてみた。

「うん、いいよ。どこ？」

「動物園です！」

「動物園？」

私の希望が意外だったのか、慎さんが目を瞬いた。

「いいけど、なんで動物園なの？」

「そ、それは……」

（男の人と初デートするなら動物園がいいっていう夢があったなんて、言えない……！）

彼氏いない歴イコール年齢の私は、笑顔で誤魔化した。

「動物園が好きだからです！　ほら、ああいうところって、一人で行くより誰かと行ったほうが楽しいじゃないですか！」

「そう？　なら、オーナーも誘う？　オーナー、僕たちと一緒に動物園に……」

慎さんがレジ締め作業をしていたオーナーに声をかけようとしたが、それよりも早く、オーナーが、

「私は遠慮しておきますね。動物園は子供が多い場所ですし、私が行くと混乱を招きますから」

と、断った。おそらく、きぐるみそっくりのオーナーが動物園に現れれば、子供た

ちが集まってきて、騒ぎになってしまうということなのだろう。

「なので、お二人で楽しんできてください」

オーナーはそう言うと、私のほうを向いて片目をつぶった。「混乱を招く」というのは表向きの理由で、オーナーはきっと、慎さんと二人で動物園に行きたいと思っている私の気持ちを察して、遠慮をしてくれたのに違いない。

「頑張ってくださいね」というように、オーナーにもう一度ウィンクされ、私の頬がほんのりと熱を持つ。

善は急げということで、今週の土曜日に出かける約束になった。

＊

昨夜、悩みに悩んで決めた服に着替え、私は、不安な気持ちで姿見を見つめた。

（おかしくない？　大丈夫かな？）

今日の装いは、千鳥格子のパンツに黒のタートルネックのニットだ。本当はヒョウ柄のニットを合わせたいところをあえて黒にしたのは、以前、未希ちゃんに「瀬尾さんの服は、どのアイテムも主張が強いから、どこかを無地にしたほうがまとまりよくなるよ」とアドバイスをされたからだ。

（私の思うとおりのスタイリングだと、慎さんに「すごい格好」って言われちゃうもんね）

せっかくのデートなのだから、褒められたい。

「うん、大丈夫、大丈夫」

私は自分に言い聞かせると、ボア素材のブルゾンを羽織った。スカル柄のトートバッグを開けて、ベッドの上に座っているぬいぐるみたちの中から、お気に入りのクマのぬいぐるみを取り上げる。

「今日のお守り代わりに……ついてきてくれる？」

ぬいぐるみに話しかけると、「うん」という声が聞こえた気がした。

（そういえば、大学受験の時も連れていったなぁ……）

緊張していたが、この子がカバンの中にいてくれると思っただけで、安心できた。

トートバッグに丁寧にぬいぐるみを入れると、肩に掛け、意気揚々と家を出た。

電車を乗り換えて、慎さんと待ち合わせをした天王寺動物園を目指す。

（少し遅くなっちゃった）

出がけに服装チェックをしていたために、電車を一本、乗り遅れてしまったのが響いている。足早に動物園のゲートへ向かうと、既に慎さんはその場に来ていて、人待ち顔でスマホを触っていた。

「慎さーん！」

大きな声で名前を呼び、手を振って駆け寄る。慎さんはスマホから顔を上げると、私の姿を見て、目を瞬かせた。

「おはよう。瀬尾さん」

「おはようございます。遅れてごめんなさい」

「それはいいんだけど……」

顎に手を当てながら、慎さんがまじまじと私の姿を見たので、やはりどこか変だったのかなとドキドキしていたら、

「今日の瀬尾さんは大人っぽいね」

と、感想を述べられた。

「お、大人……？」

意外な褒め言葉に驚いて、声がひっくり返ってしまった。

「うん。なんだかシックだ。でも……カバンが面白い」

トートバッグを指差され、私は自分のカバンに目を向けた。白いキャンバス地に銀色で大きく骸骨の頭がプリントされている。所々鋲が打ってあり、ハードなデザインがお気に入りなのだが……よく考えると、今日の装いには似合っていなかった気がする。

「変でした？」

ここはカバンも無地にするのが正解だったのかと考えていたら、

「ううん。瀬尾さんらしくていいと思うよ」

慎さんは目を細めて、ふっと笑った。不意打ちの笑顔に、ドキリとする。

（あーっ、慎さん、その顔、ダメだってば……！）

「チケット売り場はあっちですね！」

私は、熱くなった頬を隠すように、大きな声を出した。券売所に足を向けた私の腕を、慎さんが掴む。

「チケットはもう買ってある。入口へ向かおう」

いきなり体に触れられて、心臓が跳ねた。

私のドキドキに気付いた様子もなく、慎さんはすぐに私から手を離すと、入園ゲートへ歩いていった。スタッフの女性に二人分のチケットを見せ、動物園の中へと入る。私は、そのあとを足早に追いかけた。

「瀬尾さんは何が見たい？」

慎さんが、ゲートを通ってすぐの場所に置かれていた園内マップを手に取り、差し出しながら聞いてきたので、事前に下調べをしていた私は、

「キーウィが見たいです。天王寺動物園は、日本で唯一、キーウィが飼育されている

動物園なんですよ!」

と、知識を披露した。

「へえ〜、よく知ってるね。どこにいるのかな」

マップを広げ、二人でキーウィの場所を探す。

「夜行性動物舎にいるみたいですね」

「奥のほうだね。ぐるりと回っていこうか」

「そうですね」

園内マップを畳み直し、トートバッグの中にしまうと、私たちは肩を並べて歩き出した。

左へ進んでいくと、カバ舎があり、一頭のカバが水槽の中に浮かんでいた。

「わぁ! 私、カバが水の中にいるの、初めて見ました! 足、意外と小さいなぁ」

ぷかりぷかりと浮かんでいる巨体に、目を丸くする。

「昔、ここに来たことがあるんですけど、その時は、陸上で寝てるところしか見られなかったんですよね」

「へえ、そうなんだ。でも、瀬尾さんって実家は東京だろ?」

遠く離れた他府県の動物園に来たことが不思議だとでもいうように、慎さんが尋ねてきたので、

「大阪に祖父母が住んでいるんです。子供の頃、よく遊びに来てました」

と、説明をした。

「そうなんだ」

「家族で来て、迷子になったこともあるんですよ」

「迷子……」

慎さんの表情が動いたので、

「私、小さい時から方向音痴だったんです」

と、笑う。

「どうりで」

「あっ、今、成長してないとか思いましたね？　慎さん、ひどい！」

「自分で言ったんじゃないか」

軽口を言い合いながら、園内を歩く。今日は天気が良く、二月というわりには暖かい。園内に人は少ないが、そのおかげで動物が見やすい。

夜行性動物舎の建物に入ると、照明が落とされていて暗かった。一人だったら、少し怖かったかもしれない。慎さんのほうに体を近づけたら、私がビクビクしていることに気付いたのか、慎さんがこちらを向いた。

「もしかして、暗い場所怖いの？」

「大丈夫ですよ。これぐらいだったら」

「手とか繋がなくていい？」

さらりとそんなことを聞かれて、動揺した。

「いいですっ！」

うろたえているのを悟られないよう、慌てて断る。慎さんは「そう？」と涼しい顔をしているが、一体どういうつもりなのだろう。

(子供扱いされてるだけって感じだよね……)

なんだか情けない気持ちになりながら、展示エリアに入ると、中は思っていたほど真っ暗ではなかった。

暗闇の中で光る展示ケースの中に、たくさんのコウモリが飛んでいる。

(夜行性動物といえば、やっぱりコウモリだよね)

慎さんは、空中をせわしなく飛び交っているコウモリを、興味深そうに眺めている。

「あれっ？　この子たち、地面にいますね」

二匹のコウモリが地面で寄り添っていたので、どうしたのだろうと思って見ていると、慎さんがガラスに貼られていた説明書きを指差した。

「お年寄りのコウモリは床にいるほうが楽なんだって書いてある」

「そうなんだ！　じゃあ、この子たち、お年寄りなんだ」

「キーウィはどこにいるのかな」

フクロウやハクビシンの前を通り過ぎると、奥にキーウィの展示ケースがあった。

赤っぽい光の中、ラグビーボールのような形の生き物が、長いくちばしで地面をつついている。

「いましたよ、慎さん！」

ガラスを覗き込み、キーウィを見つめる。キウイフルーツの語源になったといわれているだけあって、毛の質感や形がそっくりだ。

「暗くて、よく見えないな」

ガラスに近づき、難しい顔をした慎さんに笑いかける。

「そうですけど、キウイフルーツっぽい雰囲気は伝わってきませんか？」

「ここに説明が書いてあるけど、本当に『キーウィ、キーウィ』って鳴くのかな」

「一度、聞いてみたいですよね」

他愛ない感想を言い合いながら、ひとしきりキーウィを観察すると、私たちは夜行性動物舎を出た。

「キーウィが見たい」という一番の目的を果たしたので、休憩がてら、お弁当を食べることにした。最初「お弁当は私が作りましょうか」と提案したのだが、慎さんに

「瀬尾さんへのお餞別で動物園に行くんだから、お昼は僕が用意するよ」と断られてしまった。

日当たりの良いベンチに、慎さんと向かい合わせで座る。慎さんは、持っていた紙袋の中から、おもむろに、風呂敷包みを取り出した。テーブルの上に包みを置き、風呂敷を解く。二段重ねの重箱の蓋を開けると、一段目にはウィンナーや唐揚げといったおかずが、二段目にはサンドイッチと、小振りのシュークリームが六個、綺麗に並べられていた。

「シュークリームはデザートですか？」

「お弁当を作っていくと話したら、オーナーが用意してくれた。『当たりが入っていますから、明理さんと楽しんで食べてくださいね』と言っていたけど、どういう意味だったのかな」

「このお弁当、慎さんが作ったんですか！」

「うん。一人暮らし長いし、料理はできるよ」

「すごい！」

慎さんに紙皿と箸を手渡され、お礼を言いながら受け取り、早速、唐揚げをつまむ。

「美味しい！」

唐揚げにかじり付き、頬を緩めた私を見て、慎さんがほっとした表情になった。

「良かった。どんどん食べて」

「はいっ」

慎さんも卵サンドを手に取り、口に運ぶ。

「このサンドイッチの具、生ハムとルッコラですね。贅沢〜！」

楽しい気持ちでお弁当を食べていると、慎さんが質問をしてきた。

「さっきの話だけど……瀬尾さんがこの動物園によく来ていたのって、何歳ぐらいの時？」

「さっき？」と、首を傾げ、カバ舎の前での会話のことだと思い出す。

「幼稚園とか、小学校低学年ぐらいの時でしょうか」

「幼稚園か……」

「両親と姉と来ることが多かったです。私、昔から動物が好きだったんですよね。慎さんも動物園が好きでよく来ていた、とかですか？」

「いや……。僕が来たのは、高校生の時に一回だけ」

「そうなんですね。もしかして……デート、とか？」

かまをかけてみると、慎さんは首を横に振った。

「違う。なんとなく、一人で来たんだ」

「一人？」

「そう」

なんとなくで、一人きりで動物園に来るものなのだろうか。

不思議に思っていると、自分のことから私の興味を逸らすように、慎さんが話題を変えた。

「瀬尾さんとお姉さんって仲がいいの？」

特別仲が良いわけでもないし、悪いわけでもない。こういう場合、どう表現したらいいのだろう。

「普通です」

「普通？」

「ううん、ちょっと違うかな。私、姉に劣等感を抱いているんです」

私は言い直した。そしてすぐに「でも」と続ける。

「このあいだ、実家に帰って、『Hand and Hand』にアルバイト採用されたっていう報告をしてきました。まずは契約社員を目指して、それから、将来的には正社員になれるように頑張るって話をしたら、両親も姉もほっとしたみたいで……。アルバイトから始めるなんて、姉にはバカにされるかなって思っていたから、意外でした。『明理がやりたいことを見つけて、それに向かって頑張ろうとしている姿に安心した。応援するね』って言ってくれて、すごく嬉しかった」

就職活動ではたくさん心配をかけてしまったので、採用の報告は直接したいと思い、先日、東京の実家へ帰った。私の報告を喜んだ両親が、高い肉とお酒を買ってきてくれたので、夜はすき焼きパーティーをした。その席で、ほろ酔いになった翠が話してくれたのだ。自分も就職活動の時は精神が不安定になるほどつらかったが、今は子供の時からの夢だった人の役に立てる仕事に就けて幸せだ、と――。

「完璧超人だと思っていた姉も、色々悩んでいた時期があったんだなぁってわかったら、少しだけ劣等感が薄れました。でも、やっぱり、姉はすごいし、それに比べて私なんてっていう気持ちは消えていないけど……」

「お姉さんと自分を比べる必要はないよ。前にもそう言っただろ？　瀬尾さんには瀬尾さんのいいところがある」

以前、励ましてくれた時よりも強い口調で断言されて、胸がいっぱいになった。

（慎さんがそう言ってくれるなら、きっとそうなんだって、信じられる）

「そんな風に言われたら、私、嬉しくって泣いちゃいますよ」

冗談めかした私の言葉に、

「えっ？　ハンカチいる？」

慎さんが、真顔でポケットからハンカチを取り出した。ほんの少し潤んでしまった瞳を瞬きで乾かし、私は「平気です」と彼に向かって笑いかけた。

サンドイッチとおかずを食べきると、私たちはシュークリームに手を伸ばした。

「そういえば、慎さん、シュークリームってなんでシュークリームっていうか知っていますか?」

「知ってる。『シュー』というのがフランス語でキャベツを意味するからだろ? キャベツに形が似ているから、だったかな」

「そうです。フランス語では、シュー・ア・ラ・クレームっていって、シュークリームっていうのは和製外来語らしいですよ。ちなみに、似たお菓子でエクレアがあるじゃないですか。あっちは稲妻っていう意味らしいです」

蘊蓄を披露すると、慎さんが「よく知ってるね」と褒めてくれた。

「当たりって何かな?」と思いながら、シュークリームにかじり付く。小振りのシュークリームは口に入れやすい大きさだ。

パリパリというよりも、ふわっとした食感のシュー皮が口の中で破れると、カスタードクリームと生クリーム、二種類のクリームの味が広がった。

「ダブルクリームだ!」

子供の頃、おやつのシュークリームに二種類のクリームが入っていると、特別な気がして嬉しかったっけ。そんな思い出が蘇る。

「美味しいな。さすがオーナー」

シュークリームをつまみ、半分かじった慎さんも、感心した様子だ。

「当たりってなんでしょうね」

「さあ？　まさかわさび入りってわけじゃないだろう」

そんなことを話していたのに、

「あっ……」

二個目のシュークリームを口に入れた途端、慎さんが変な表情を浮かべた。

「どうしたんですか？」

「当たり」だったのだろうか。一体何が入っていたのだろう。

「これ、七味が入ってる」

「ええっ、七味？」

「オーナー、面白いこと考えるな」

驚いている私とは対照的に、七味シュークリームを引き当てた慎さんは、冷静な口調のまま、感心している。

「当たりってそういうことだったんですね。まだあるのかな？」

七味クリームがどんな味か気になりはするものの、怖いもの見たさな気持ちでいると、慎さんが、半分かじったシュークリームを差し出した。

「瀬尾さんも食べてみる?」

「えっ」

「味見してみる?」

再度問われ、躊躇する。

(これって、間接キスになるんじゃ……!)

あわわと慌てていたら、

「瀬尾さんってなんでも食べるのかなって思ってた。食に関しては意外と保守的なんだね」

失礼なことを言われた。「食べますっ」と頬を膨らませると、慎さんが、憤慨している私を見て、くすっと笑った。

慎さんの手からシュークリームを受け取り、一口かじる。

カスタードクリームは入っていない。甘さ控えめの生クリームの中に、ぴりっとした辛みを感じる。七味の風味はアクセント程度で主張しすぎているわけではなく、上品にまとまっていた。

「これ、意外と美味しいです……!」

「全部食べていいよ」

そう言いながら、慎さんは指に付いたクリームをなめている。そのしぐさが妙に色っぽくてドキッとした。

（待って待って、大人の色気ー！）

「な、なんか、ロシアンシュークリームって感じでしたね」

焦って、そんな感想を述べる。

「確かに。まだ何か変わったものが入っていたりしないかな」

「変なもの？」

「イカの塩辛とか」

「それは嫌だぁ」

うへえという顔をした私を見て、慎さんが、ぷっと吹き出した。そして、あははと声をあげて笑う。彼の珍しい表情に、私は目を丸くした。

（慎さんが……大笑いしている！）

出会った頃には考えられない変化だ。それだけ私は、慎さんに近づけたということなのだろうか。

（そうだとしたら……嬉しいな）

笑っている慎さんを見て、私の口元にも笑みが浮かぶ。

「タラコとか、昆布の佃煮とかも入っているかもしれませんよ」

「そうしたら、僕は、オーナーの正気を疑うな」

冗談を言いながら私たちはシュークリームを頬張った。それから後のシュークリームは全て普通のクリームで、安心して食べることができた。

お弁当を食べ終わり、散策を再開する。樹木の多い園内をのんびりと歩いているうち、クマ舎の前へ辿り着いた。

「わぁ、シロクマだ！　大きいですね」

二頭のホッキョクグマが、氷山を模した白い岩場で寝そべっている。

「本物のクマって、テディベアと全然違いますよね。なんていうか……」

「怖い？」

私の言葉を引き継ぐように、慎さんが続ける。

「そう！　……あれっ？」

クマ舎の前で泣いている幼い女の子を見つけ、私は目を瞬かせた。

「どうしたの？　迷子？　お父さんとお母さんとはぐれてしまったの？」

駆け寄って、しゃがみ込んで尋ねると、女の子は泣きはらした目をこちらに向けて、小さく「うん」と頷いた。

「どうしよう。どこかにお父さんかお母さんがいないかな」

きょろきょろと周囲を見回してみたが、誰もいない。困っていると、慎さんが提案をした。

「入園ゲートへ連れていこう。迷子の放送をかけてくれるだろうから」

「そうですね。じゃあ、行こうか、お嬢ちゃん」

手を引こうとすると、女の子は警戒した表情を私に向けた。「知らない大人についていっちゃいけません」と教育されているのかもしれない。

「お父さんとお母さんを捜してもらいにいくだけだから……。ねっ」

愛想良く笑いかけてみるも、女の子のまなざしは険しいままだ。

「うーん、困ったな……」

「無理矢理、連れていくわけにもいかないしな。ここで親が見つかれば一番いいんだけど」

慎さんは周囲をうろうろして、それらしい人がいないか捜している。

「おとうさん……おかあさん……」

私はトートバッグの中からハンカチを取り出すと、鼻をすすっている女の子の顔を拭いた。そしてふと思いつき、クマのぬいぐるみを、女の子の目の前に出した。

「『泣かないで。僕が一緒にお父さんとお母さんを捜してあげる』」

ぬいぐるみの手を握って女の子に向けて振りながらそう言うと、女の子はきょとんとして、ぬいぐるみを見つめた。

「『大丈夫だよ。僕と、お姉さんと、お兄さんがついているから』」

いきなり人形劇のようなことを始めた私に気付き、親を捜していた慎さんが戻ってきた。私が手に持ったクマのぬいぐるみを見て、驚いたような顔をしている。

「『動物園のスタッフさんのところに行こう。そうしたら、お父さんとお母さんが気付いてくれるように、放送をしてくれるよ』……だから、ね？　一緒に行こう」

私の……というよりも、クマのぬいぐるみの説得で、女の子は、こくりと頷いた。差し出した私の手を握り、ゆっくりと歩き出す。

「お名前、なんていうの？」

「さな」

「さなちゃんかぁ。さなちゃんは、今日はお父さんとお母さんと一緒に来たの？」

「うん」

「どんな動物を見たの？」

「ペンギンさん……」

「ペンギンさん、可愛かった？」

「うん」

少しでもさなちゃんの気持ちがリラックスするようにと、あれこれ話しかける。

なんだか、自分が迷子になった時と状況が似ているような気がして、懐かしい気持ちになった。慎さんは黙ったまま、半歩後ろをついてきている。

入園ゲートまで戻ると、私たちはスタッフの女性にさなちゃんを預けた。すぐに園内放送が入り、まもなく両親が駆けつけてきて、親子は無事に再会することができた。

家族で去って行くさなちゃんに手を振っていると、隣に立っていた慎さんが、問いかけなのか、ひとりごとなのかわからないような小さな声で言った。

「そのクマのぬいぐるみ……」

「はい？　……ああ、これですか？」

片手に抱えていたぬいぐるみを慎さんのほうへ向けると、私は、照れくさい気持ちで告白した。

「私の親友です。子供の時に、この動物園でもらったんです。それから、ずっと一緒です」

「ずっと一緒……」

慎さんは私の言葉を繰り返すと、目を閉じた。

「慎さん？」

どうしたのだろうと名前を呼んだら、慎さんは目を開けて、今まで見たことのない、晴れやかで眩しい笑顔を浮かべた。

「ありがとう」

「えっ？　あの、なんでお礼……？」

突然の「ありがとう」の意味がわからなくて面食らっている私に、慎さんは、ふっと笑いかけた。

「なんでもないよ」

「……？」

「この後はどうする？　レストランでクレープでも食べる？」

首を傾げていると、不意に、左手を取られた。一瞬、ドキッとしたものの、長時間、外を歩いていたからか、慎さんの手はすっかり冷えていて、私はその手を温めるようにゆっくりと握り返した。

慎さんの顔を見上げ、笑顔で頷く。

「クレープ、いいですね！　行きましょう！」

私と慎さんは肩を並べると、レストランに向かって歩き出した。

《了》

《主要参考文献一覧》

『テディベア大図鑑』ポーリン・コックリル著　日本ヴォーグ社
『瞳No.14テディベアの群像』マリア書房
『利倉佳子のTEDDY BEAR LESSON　失敗しないテディベア作り　入門編』
利倉佳子著　雄鶏社
『フランスの素朴な地方菓子　長く愛されてきたお菓子118のストーリー』
下園昌江・深野ちひろ著　マイナビ出版
『フランス菓子図鑑　お菓子の名前と由来』大森由紀子著　世界文化社
『イタリア菓子図鑑　お菓子の由来と作り方』佐藤礼子著　誠文堂新光社
『ヨーロッパお菓子物語』今田美奈子著　朝日学生新聞社

京都桜小径の喫茶店
～神様のお願い叶えます～

卯月みか　装画／白谷ゆう

付き合っていた恋人には逃げられ、仕事の派遣契約も切られて人生のどん底の水無月愛莉。そんな中、雑誌に載っていた京都の風景に魅了され、衝動的に京都「哲学の道」へと訪れる。そして「哲学の道」へと向かう途中出会った強面の拝み屋・誉との出会いをきっかけにたどり着いた『Cafe Path』で新たな生活をスタートするのだが……。古都京都を舞台に豆腐メンタル女子が結ばれたご縁を大切に、神様のお願い事を叶える為に奔走する恋物語。

古都鎌倉、あやかし喫茶で会いましょう

忍丸　装画／新井テル子

恋人に浮気され、職も失った詩織は、傷心旅行で古都鎌倉を訪れる。賑やかな春の鎌倉の地を満喫しながら、休憩場所を求めてたどり着いたのは、ある一軒の古民家カフェ。〝あやかしも人間もどうぞ〟――怪しすぎる看板を掲げたカフェの中で詩織を待っていたのは、新鮮な鎌倉野菜と地魚を使った絶品料理、そして「鬼」のイケメンシェフと個性豊かなあやかしたち。ひょんなことから、詩織はそのカフェで働くことになるのだが……。元 OL のどん底から始まる鎌倉カフェライフスタート！

檸檬喫茶のあやかし処方箋

丸井とまと　装画／六七質

あやかしを視る力を持ち、その力のせいでいじめられた過去のある清白紅花は人と関わらないように高校生活を送っていた。しかし、とある事件をきっかけにクラスメイトの八城千夏が祖母の営む喫茶店を訪れることに。紅花と祖母が住む、喫茶店「檸檬喫茶」には不思議な檸檬の木が生えていて……。優しくて、ちょっぴり切ない、人とあやかしとの交流の物語。

厨娘公主の美食外交録

藤春都　装画／ゆき哉

西洋列強に敗戦し、風前の灯となった崑崙国。皇帝の〝不吉〟な双子の妹である麗月は、ひょんなきっかけから敵国であるプロージャ帝国の大公・フリートヘルムと協力することに。料理の腕を買われた麗月は、伝説の〝厨娘(チュウニャン)〟として祖国の命運を賭けた食卓外交を繰り広げることになるのだった―。西洋列強の公使たち、傀儡の皇帝、権力を握る聖太后、そして暗躍する謎の影……！美形だけど嫌味な大公殿下・フリートヘルムとともに、麗月は祖国を救えるのか！　中華×グルメ×政治×イケメン？！　厨娘公主による美食外交が今、ここに始まる！

隣の席の佐藤さん２

森崎緩　装画／げみ

高校最後の１年も折り返し。文化祭のクラス演劇で、笑いもの必至の役になった山口くんは憂鬱な日々を過ごしていた。しかし、練習が始まると繰り返し同じセリフを失敗する佐藤さんが笑いの的になってしまい——。甘酸っぱくてちょっと切ない、山口くんと佐藤さんの日常を描いた青春ストーリー！　最後の文化祭から高校卒業までを描いた「最後の秋の佐藤さん」、卒業して新たな生活を送る二人を描いた「卒業後の話」にくわえ、新たに書き下ろした短編を収録。

一二三文庫

幸せスイーツとテディベア

2022年2月4日　初版第一刷発行

著　者　卯月 みか
発行人　長谷川 洋
発行・発売　株式会社一二三書房
〒101-0003
東京都千代田区一ツ橋2-4-3 光文恒産ビル
03-3265-1881
http://www.hifumi.co.jp/books/
印刷所　中央精版印刷株式会社

ISBN 978-4-89199-797-7 C0193